ŒUVRES DE PAUL FÉVAL

L'homme de Fer

ALBIN MICHEL. ÉDITEUR

L'HOMME DE FER

SEULE ÉDITION DES ŒUVRES DE

PAUL FÉVAL

SOIGNEUSEMENT REVUES ET CORRIGÉES

PAUL FÉVAL

L'HOMME
DE FER

ALBIN   MICHEL,   ÉDITEUR
PARIS — 22, RUE HUYGHENS, — 22 PARIS

L'HOMME DE FER

I

«..... Le comte Otto tira son glaive et le plongea dans le cœur du vieillard..... »

Un grand murmure accueillit cette conclusion attendue. Messire Olivier, baron d'Harmoy, gardait son sourire tranquille.

De nos jours, une histoire semblable à celle de messire Olivier serait un conte à dormir debout ou bien une légende railleuse. En l'an 1469, c'était un récit tout plein d'émotion et d'actualité.

Il ne faut pas oublier, en effet, que le héros mystérieux et terrible de cette légende, le comte Otto de Béringhem, l'Homme de Fer, vivait à quelques lieues de Pontorson. Il ne faut pas oublier que toute la contrée tremblait à son nom seul. Il ne faut pas oublier surtout que bien des mères étaient en deuil, depuis que ses soudards tenaient garnison dans les îles Chaussey.

Ce que le récit de messire Olivier pouvait avoir de fantastique dans la forme disparaissait devant la réalité du fond. Il faisait écho aux terreurs de chaque jour. Le temps et le lieu se réunissaient pour augmenter l'impression produite : le temps, c'était l'heure présente ; le lieu, c'était le pays même.

N'avait-on pas vu tout à l'heure, dans la plaine, la bannière
redoutée du comte Otto flotter au vent, flamboyer au soleil?
Une autre cause d'émotion, et ce n'était pas la moindre, devait
être attribuée au conteur lui-même. Personne ne savait au
juste, nous l'avons dit déjà, ce qu'était messire Olivier. Beaucoup s'occupaient pourtant du mystère de sa vie. Pendant
qu'il poursuvait ce récit, dont la bizarre poésie faisait peur et
plaisir à la fois, tous les regards étaient fixés sur lui. Avant
l'arrivée des valets porteurs de flambeaux, et tandis que
l'ombre allait s'épaississant dans le salon, chacun lui faisait
un visage à sa guise. Transfiguré ainsi par l'imagination de
ses auditeurs, Olivier, dont la voix sonore vibrait dans la nuit,
prenait des formes et surtout des proportions presque surnaturelles.

On avait entendu des dents claquer lorsqu'il s'interrompait,
et de longs soupirs soulever les poitrines oppressées. D'où
venait-il, cet homme au langage entraînant qui se jouait avec
la parole comme les virtuoses provençaux avec la viole ou le
rebec? Et n'avait-il pas joué un rôle dans ce drame impossible?

L'Homme de Fer l'avait recueilli mourant dans sa galère de
plaisance. Il n'avait pas encore dit ses propres aventures dans
la cité inconnue d'Hélion.

Elle existait donc, cette ville fantôme, à une heure de chemin de la côte d'Avranches, couverte de barques innom-
brables? Et aucune de ces barques n'avait jamais signalé son
port ! Mystère !

Mystère ! sans doute, cet être surhumain qui avait ravi à
Satan le grand secret, enveloppait d'un voile cabalistique les
effrayants arcanes de sa demeure. On passait auprès d'Hélion
sans la voir.

Une idée venait à quelques-uns dans le salon du Dayron, une
de ces idées qu'on repousse en vain et qui s'obstine. On se
disait : « Si le conteur lui même, si cet Olivier, baron d'Harmoy, était... »

Plus d'un frisson courait sous la soie des corsages et même
sous l'acier miroitant des cottes de parade. Vous savez, c'était

une trinité maudite : l'Homme de Fer, l'Ogre des Iles et ce jouvenceau pâle dont les cheveux noirs bouclaient sur un front d'albâtre.

Le baron Olivier était si pâle ! La plume du corbeau n'était pas plus sombre que ses cheveux.

Depuis le moment où Berthe de Maurever, la noble fille, avait élevé la voix pour défendre l'honneur des vierges bretonnes, madame Reine ne l'avait point quittée. Tant que les hautes fenêtres du salon donnèrent passage aux lueurs du crépuscule, madame Reine avait remarqué l'œil ardent de messire Olivier fixé incessamment sur Berthe. Était-ce rancune? Berthe restait immobile, les yeux baissés; dans les demi-ténèbres qui allaient s'obscurcissant de minute en minute, madame Reine crut la voir deux ou trois fois chanceler. Aux dernières paroles de messire Olivier, Berthe porta la main à son cœur et sa tête s'inclina sur sa poitrine.

Madame Reine était une châtelaine de trop d'expérience pour ne point savoir que le serpent fascine à distance le pauvre oiseau condamné. La prose, qui était sa nourriture préférée, ne pouvait la défendre complètement contre le merveilleux qu'on respirait dans l'air à cette époque crédule. Elle frémit en songeant qu'un sort tombait peut-être sur Berthe en ce moment. Son regard se tourna malgré elle vers le fascinateur.

Les porteurs de flambeaux passaient devant messire Olivier, Madame Reine le vit sourire : la flamme de sa prunelle n'allait point à Berthe, ou plutôt elle glissait sur le front vaincu de Berthe et dardait un éclair à Jeannine, qui rougissait et baissait les yeux.

Il est vrai que messire Aubry n'était pas très loin de Jeannine et madame Reine devina que ce n'était pas pour Olivier que Jeannine baissait les yeux.

Certes, elle ne voulait pas de mal à la fille du brave écuyer Jeannin, mais elle se demanda pourquoi le mauvais œil allait à Berthe plutôt qu'à cette petite Jeannine. Le mauvais œil, en allant à Jeannine plutôt qu'à Berthe de Maurever, eût si bien fait les affaires de madame Reine !

Il arriva ce qui toujours arrive : la lumière des flambeaux
fit évanouir une bonne partie des spectres qui planaient dans
les ténèbres. Chacun voulut cacher son émotion; les têtes se
redressèrent; les maintiens et les physionomies se composèrent.
Les plus braves se sentaient tout prêts à tourner la chose en
raillerie, quitte à reprendre la chair de poule en éteignant la
lampe de leur chambre à coucher, cette nuit.

— Merci Dieu ! dit le sire de Landal, voilà un bel exploit
que fit ce comte Otto ! Tuer un vieillard de deux cents ans !

— Pour un chevalier, répliqua Olivier sans regarder son
interlocuteur, front chauve et barbe blanche font une terrible
armure, messire ! le comte Otto s'enorgueillit de ce coup-là
plus que de tous ses autres faits d'armes !

Ses yeux noirs, tandis qu'il parlait, avaient une expression
de triomphe : le front pâle de Berthe ne se relevait point.

— Madame ma mère, murmura-t-elle en s'adressant à
Reine, une goutte d'eau, je vous prie, je me sens défaillir.

Jeannine entendit : elle se précipita pour soutenir son amie.
Madame Reine la repoussa; messire Olivier eut un sourire en
voyant les deux jeunes filles, un instant groupées, mêler les
boucles brunes et blondes de leurs admirables chevelures.

Berthe ferma les yeux.

— A quoi bon tous ces récits extravagants, s'écria
madame Reine en colère, sinon à frapper le faible esprit des
enfants ! Voici Berthe de Maurever évanouie !

Aubry était jaloux terriblement de cet Olivier. Il eût voulu,
lui aussi, faire tomber les dames en pâmoison. On a deux am-
bitions principales à dix-huit ans : étonner, effrayer. Étonner
qui? Mon Dieu, n'importe : sa mère, ses sœurs, sa cousine. Qui
effrayer ! N'importe encore: sa cousine, ses sœurs ou sa mère.

— Eh bien ! demanda-t-on et la fin de l'histoire?

— Que fit le comte Otto de son vieillard de deux cents ans?

— Ressuscita-t-il la ville morte?

Ces questions se croisaient; messire Olivier gardait le silence :
Les dames qui s'empressaient autour de Berthe lui cachaient
maintenant les deux jeunes filles.

— Elle rouvre les yeux ! s'écria madame Reine.

Messire Olivier saisit cet instant pour répondre :

— J'ai effrayé, sans le vouloir, une noble demoiselle; veuillez m'excuser, messires, je ne parlerai plus.

— Parlez encore, dit une voix faible au centre du groupe formé par les dames : je veux savoir !

Olivier s'inclina gravement .

— C'est un ordre, murmura-t-il. Que veut savoir Berthe de Maureveı ?

— S'il fit de l'or ! prononça la jeune fille comme malgré elle.

— Il fit de l'or, répliqua Olivier.

— Avec du sang? demanda encore Berthe d'une voix si basse qu'on eût peine à l'entendre.

Madame Reine la regardait inquiète et attristée. Messire Olivier répondit lentement :

— Avec du sang !

La curiosité renaissait plus vive; les dames avaient repris leur place, Olivier restait seul debout au milieu du cercle. Une girandole qui pendait au-dessus de sa tête éclairait en plein son visage. Certaines figures, pour rester poétiques et belles, ont besoin du clair-obscur. La lumière donnait aux traits de messire Olivier quelque chose de hautain et faisait briller la souveraine noblesse de son port. Au grand jour comme dans les demi-ténèbres, ce pâle jeune homme était maître et roi. Il y avait là de fières lances, des noms illustres par l'épée, des chevaliers vaillant et beaux. On ne les voyait point; un rayonnement s'épandait autour d'Olivier, baron d'Harmoy, et fascinait tous les regards.

Il y eut des curieux insatiables pour demander :

— Et après qu'il eût fait de l'or?

— Hélion vit et respire, répondit messire Olivier, ceux qui ont désir de savoir peuvent traverser la mer.

— Baron ! s'écria le sire du Dayron, vous nous avez promis l'histoire de l'Homme de Fer.

— Ne l'ai-je pas dite? et n'est-ce pas assez? Que puis-je

vous apprendre? l'or commande ici-bas; le comte Otto fait de
l'or. Sous le casque fermé de ses chevaliers, il y a des figures
connues à la cour de France et à la cour d'Angleterre : il fait
de l'or... Il fait de l'or : dans ce climat froid et triste, les orangers
fleurissent à son commandement; le soleil obéissant perce le
brouillard pour mûrir ses vignes; il a des bosquets de myrtes
et des forêts de lauriers-roses. D'un geste, il fait jaillir de terre
ces longs portiques de jaspe, ces propylées d'albâtre, ces
longues colonnades de porphyre azuré qui semblent se confondre
avec l'azur du ciel : il fait de l'or... il est le maître des hommes,
messires, par l'or; par l'or, nobles dames, il est le roi des cœurs.
Que vaut l'univers, dites; le comte Otto va l'acheter... Un
jour, il eût fantaisie d'avoir un temple pour adorer le Dieu
Baal, qui est le soleil et qui est d'or; on dit que les Grecs
mirent quatre siècles à édifier le Parthénon et que Saint-
Pierre de Rome coûta 350 années; il fallut deux siècles et demi
pour achever Notre-Dame de Paris, autant que la cathédrale
de Cologne; eh bien ! dans l'espace des 31 jours qui composent
le mois d'août, le temple d'Hélion a jailli de terre plus lumineux que le Parthénon, plus grandiose que Pœstum, plus vaste
que la Basilique Romaine, plus haut que la Giralda de Séville,
plus hardi que l'Alhambra de Grenade, plus riche que le
Dôme de Milan ! Le roi Salomon avait Hiram, mais le comte
Otto fait de l'or !

Hélion, que la mer entoure comme une étroite ceinture,
Hélion est plus large que la France tout entière. Elle contient
Otto, qui est grand comme le monde ! S'il veut, sa gloire vivra
autant que le dernier homme : les poètes font la gloire; Otto
fait de l'or; l'or achète les poètes.

Otto méprise les poètes et la gloire; il respecte l'or, qui seul
vaut un culte. En savez-vous assez? Que possède Louis de
France, le grand roi? des soldats, des savants, des poètes; le
comte Otto, il aura les poètes, les savants, les soldats du roi
Louis et le roi lui-même... Ne murmurez pas, messeigneurs;
mon plaisir n'est point de vous insulter. Vous m'avez fait
aujourd'hui troubadour et je chante. Le roi d'Angleterre ou

l'empereur d'Allemagne n'ont pas plus que le roi de France;
je ne parle pas même des petits ducs de Bourgogne, de Bretagne
et autres. Reste donc le sultan infidèle, sectateur de Mahomet.
Nobles dames, le hasard de ma vie m'a conduit jadis au delà du
grand désert africain, dans le pays des parfums et des génies :
j'ai vu Balsora la splendide, Bagdad la lumière de l'Orient, et
Golconde où les cailloux sont des diamants. Je vous le dis
parce que cela est vrai : le domaine du comte Otto est plus
opulent que Balsora, plus éclatant que Bagdad, plus presti-
gieux que Golconde ! Le comte Otto fait de l'or : les merveilles
de la terre et de la mer sont à lui !

Des pages aux couleurs du Dayron entrèrent, portant
sur des plateaux de cristal le vin frais, les mostardes milanaises
et les beaux fruits miellés des campagnes provençales. En
même temps les violes et les harpes se firent entendre dans la
galerie voisine.

— Et ne croyez pas, reprit messire Olivier, baron d'Harmoy,
que le comte Otto soit las ou rassasié des délices de sa vie. Le
comte Otto fait de l'or. L'or est un philtre. On vit d'or. Le
comte Otto a, depuis bien longtemps peut-être, l'âge où la
barbe grisonne, où le cœur glacé ne bat plus; la barbe du
comte Otto ondule en anneaux soyeux plus noirs que le jais; le
cœur du comte Otto est toujours jeune, car vous avez vu aujour-
d'hui même la devise éblouissante de sa bannière : *A la plus
belle !*

Berthe de Maurever était immobile comme une statue. Les
sourcils de Jeannine se fronçaient. Messire Olivier prit sur
un plateau qui passait une coupe large et profonde; il la tendit
au page et le page l'emplit jusqu'aux bords. Ses yeux eurent
un rayonnement pendant qu'il levait la coupe pleine.

— Moi qui ne fais point d'or, dit-il, et qui ne suis qu'un
pauvre gentilhomme, j'emprunte aujourd'hui la devise du
comte Otto Béringhem et je bois à la plus belle !

Il s'inclina à la ronde. Quand il porta la coupe à ses lèvres
ses yeux étaient revenus à leur point de départ : ils se fixaient
sur Berthe et sur Jeannine.

— Chevaliers et nobles dames, dit le sire du Dayron, la salle de danse vous attend.

Les avis des historiens sont partagés sur la question de savoir comment dansaient les chevaliers. Le menuet, déjà connu en Italie, n'avait cours que parmi les baladins. La danse du glaive des anciens Francs était depuis bien longtemps tombée en désuétude. Marcou et Javotte dansaient la gigue, mais ils n'étaient pas du grand monde. On pense que le bal se composait d'une sorte de bourrée analogue à celle des paysans de l'Auvergne. Cela se dansait en quadrille. Mais les croisades avaient transplanté en Europe la plupart des coutumes du Levant. Les Orientaux, nonchalants et pleins d'esprit, aiment bien mieux voir danser que danser. Pour eux, la danse est un spectacle. Au XVe siècle, on peut affirmer qu'en Europe la danse était surtout un spectacle.

Le vrai bal, c'était le tournoi.

De nos jours, on aime beaucoup mieux danser que de voir danser. De nos jours, ce qui nous amuserait par-dessus tout, ce serait un spectacle où chaque spectateur aurait son petit bout de rôle. Notre siècle a la rage d'être acteur. Nos gentils-hommes conduisent eux-même leurs voitures et se cassent le cou, de leur propre personne, aux courses. Il faut bien faire quelque chose pour vivre.

L'illustre compagnie rassemblée à l'hôtel du Dayron passa du salon dans la galerie où douze danseurs napolitains attendaient le signal du maître. La galerie donnait sur cette terrasse qui dominait le pont du Couesnon et les deux rives bretonne et normande. On recommença d'entendre le brouhaha de la fête. C'étaient des éclats redoublés de gaîté. Les gars et les filles dansaient en bas autrement que par procuration. La plaine regorgeait de foule, et de tous côtés des lumières brillaient dans la nuit.

La galerie du Dayron était belle et vaste. On respira, au sortir du salon fermé; chacun se sentit un poids de moins sur la poitrine. Était-ce le grand air, ou bien l'absence de messire Olivier?

Messire Olivier, au moment où tout le monde quittait le salon, était resté à sa place, suivant de l'œil Berthe et Jeannine qui s'éloignaient en se tenant par la main. Quand on ne le vit point dans la galerie, on s'enquit de lui; les dames le demandèrent, et quelques cavaliers empressés retournèrent au salon. Le salon était vide : messire Olivier avait disparu.

II

C'était l'heure ou jamais de parler de messire Olivier. Les baladins de Naples pouvaient sauter ou se tenir sur la pointe d'un seul pied en agitant le tambour à grelots. On causait : messire Olivier était sur le tapis. Dieu sait combien d'hypothèses fantastiques furent risquées à son sujet. Où était-elle, sa baronnie d'Harmoy? A quelle nation appartenait cet accent bizarre et à la fois gracieux, qui soulignait si bien ses paroles? Il avait tout vu, cet homme de vingt-quatre ans; l'univers entier lui était connu. Avait-il aussi vaillante lame que bonne langue? Certains prétendaient le savoir : ils affirmaient que sa langue n'était rien auprès de sa lame.

Mais qu'il était beau ! Ceci était l'opinion des dames. Ses cheveux noirs, quelle couronne à son front ! Quels diamants que ses prunelles ! Dame Josèphe de la Croix-Mauduit malgré ses préventions, avait remarqué ses mollets : c'étaient des mollets de dignité première. Les baladins pouvaient danser, les joueurs de harpe et de viole pouvaient s'escrimer : messire Olivier, absent, tenait encore captive l'attention de tous.

Un fantôme ! Pourquoi avait-on eu cette idée? A présent, les dames en riaient. Mais cette idée est bretonne; elle devait revenir, même aux dames.

Une mère inquiète et bien contente, c'était madame Reine.

Nous avons oublié de vous dire cela, tant notre pauvre Aubry perd de son importance auprès du resplendissant Olivier. Aubry aussi avait disparu. Aubry était évidemment avec le baron d'Harmoy; on le disait, madame Reine l'entendait dire. N'était-ce pas effrayant? mais n'était-ce pas flatteur et charmant? De ce fait, Aubry ne recevrait-il pas quelque lustre? Les dames parlaient déjà de lui !

Aubry était avec messire Olivier; Aubry allait devenir tout pareil à messire Olivier. C'est-à-dire, entendons-nous : Aubry allait avoir tout ce que messire Olivier avait de beau et de bon; le mauvais, madame Reine n'en voulait pas pour Aubry.

Elle était si contente, madame Reine, qu'elle oubliait le dessein formé à l'avance de parler à Berthe de Maurever et de lui faire un peu de morale. Au sens de madame Reine, Berthe se familiarisait par trop avec la *petite Jeannine*. Madame Reine parlait comme Javotte. Mais Berthe avait entraîné Jeannine sur la terrasse, et madame Reine n'en savait seulement rien.

C'était un beau spectacle. L'azur du ciel s'étendait comme un dôme tout parsemé d'étoiles. La lune, qui se couchait derrière les collines de Cancale, laissait deviner l'immense horizon des grèves; mais l'œil était saisi tout d'abord par les mille lueurs, fixes ou mobiles, claires ou fumeuses, qui diapraient la plaine. Elles brillaient partout, les torches à la longue chevelure de feu, les lanternes balancées au vent du large, les humbles résines abritées au fond de leur cornet en parchemin. Les rondes joyeuses se déroulaient autour des flambées de genêt ou d'ajonc; les fourneaux forains jetaient, sous l'effort du soufflet, de folles traînées d'étincelles. Le pont, chargé de pots-à-feu et de lampions, dessinait son dos d'âne gothique; le Couesnon lui-même, égalisant sa large nappe d'eau salée, servait de miroir à la fête; chacun de ses petits flots scintillait gaîment.

Et le tapage ! et la joie ! On avait bu. Il y avait trois fois plus de *batteries* que de danses. Les batteries, avouons-le sans scrupule, sont l'allégresse d'une fête bretonne. Trois dents

cassées, un œil « poché », cela refait bien un jeune gars ! Et
buelle fille a le cœur de gronder le fiancé qui revient avec la
vaillante bosse au front ou la compresse mouillée sur l'oreille?

A la lutte, on déchire la chemise; à la batterie, on lacère la
peau vivante. La lutte est bonne avant souper; après souper,
fermez les poings, lancez le mortel coup de tête ou retournez-
vous pour mettre votre talon ferré dans l'estomac des amis.
Et vive la joie ! Avez-vous des bâtons? c'est mieux encore;
les bâtons sonnent l'un contre l'autre, cela réveille le cœur.
Une tête cassée, ne voilà-t-il pas de quoi se plaindre ! Le fouet
aussi peut servir. Le fouet emmanché de court et portant sa
mèche poissée au bout d'une corde de douze ou quinze pieds.
Le fouet, quand on le manie bellement, coupe aussi bien
que le sabre; en outre, le fouet claque gaillardement : ne
dédaignez pas le fouet. Mais le couteau, jamais ! c'est l'arme
lâche des villes.

Eh bien ! la lutte marchait, au grand préjudice des bonnes
chemises de chanvre; le pugilat breton, à coups de poing, à
coup de tête, ne chômait point; le bâton faisait merveille, le
fouet s'escrimait bravement. Il y en avait pour tous les gouts.
Les filles abandonnées, se consolaient à la ronde des sabots :

> « Ma grand'maman disait terjou
> Qu'y avait un loup
> Es bout d'la prée :
> Ma grand'tante, d'un'fois y fut,
> N'an n'la point r'vu,
> L'a-t-i mangée?
> Sabotons,
> Sabotoux.
> Garez-vous
> Des loups-garous ! »

Après le refrain, il faut donner le branle, afin de courir à
perdre haleine, jusqu'à ce qu'un pied trébuche sur le gazon.
Dès qu'un pied trébuche, tout le monde tombe pêle-mêle. On
rit; on hurle; on se relève; on recommence. Il y a quatre-vingts

couplets. Après le dernier, rien n'empêche de reprendre le premier. Voilà des plaisirs durables !

Mais la ronde est bonne pour les enfants ; la *litra* est le vrai bal de raffinés ! Dansez la *litra*, litralilanlire, sur les talons et sur les genoux : deux gars pour une fille, deux filles pour un gars, le pain à la main, le lard sous le pouce. Dansez en tournant autour de la table où est le pot, où sont les écuelles ; buvez, mangez, dansez, le tout à la fois : c'est la *litra*, litralilanla !

Et pour ce que la jeunesse s'amuse, ne pensez pas que les métayers et les ménagères sommeillent. Durant ces agapes, on ne sommeille que dans le fossé, par trop boire. Ménagères et métayers sont attablés. On cause gravement, on chante à tue-tête ; on juge le cidre avec impartialité. S'il est meilleur que l'an passé, on le dit plutôt cent fois qu'une et toujours avec un plaisir nouveau. On traite aussi des sujets philosophiques : on affirme que la pluie est bonne aux guérets desséchés, que le fumier amende la terre, que le soleil fait mûrir les blés, faut pas mentir !

Les marmots mettent leur visage tout entier dans les tasses. O sainte ivresse ! voici Goton et Mathurin sans dents qui s'embrassent comme au premier jour de leur lune de miel. Les carmes font la quête. Les soudards fanfarons se vantent et blasphèment. Les saltimbanques, redoublant de verve à ce moment propice, font un appel désespéré à l'éloquence du fifre et de la grosse caisse. Battez, cymbales ! cloches, carillonnez ! tambours, faites rage ! Lequel l'emportera du pître breton ou du pître normand ? Où est le succès, à l'enseigne de Rollon Tête d'Ane ou au spectacle de l'enlèvement des Sabines ?

Le succès est chez le bonhomme Rémy. La vogue a élu domicile dans la grande cabane toute neuve où l'on montre l'Ogre des Iles dévorant des petits enfants. Voilà une idée de génie ! La fortune du bonhomme Rémy est faite. Depuis midi il augmente d'heure en heure le prix d'entrée et la foule entre toujours. La cabane est trop étroite ; que n'est-elle large comme les grèves ! le père Rémy aurait demain matin de quoi acheter un manoir ! On se presse à la porte ; on se bat : à l'intérieur on

étouffe. Le grand garçon de Jersey n'en peut plus, tant il a
dévoré de fois Fier-à-Bras l'Araignoire, et ce nain spirituel a une
courbature à force de se laisser dévorer. Au lard ! au lard ! A
tout coup on n'a jamais rien vu de si beau ! Le père Rémy a
maintenant un air d'importance; il se promène les mains
derrière le dos. Quand une chandelle s'éteint à la galerie, il
en fait allumer trois. Heureux bonhomme Rémy !

Au milieu de cette masse confuse, tumultueuse, bruyante
qui s'agitait sur les deux rives du Couesnon et sur le pont,
quatre points lumineux ressortaient pour Jeannine et Berthe,
placées sur la terrasse. C'était d'abord la loge du bonhomme
Rémy, tout entourée de torches et de lampions; c'étaient
ensuite la tente royale, dressée sur le sol normand, et la tente
ducale, dressée sur la terre bretonne. Le roi et le duc avaient
bien fait les choses. Leurs tentes pavoisées et bien illuminées
semblaient se regarder dans la nuit. Il y avait sans doute festin à cette heure dans l'une et dans l'autre. Mais toutes belles
et brillantes qu'elles étaient, livrant au vent leurs bande-
roles et surmontées de leurs grandes bannières, une troisième
tente, dressée entre deux, au bord même du Couesnon, les
éclipsait complètement.

On avait vu tout à coup, vers la tombée de la nuit, une barque
plate remonter la rivière, grossie par le flux. Dans la barque, il
y avait douze nègres habillés de blanc. Avant que les ténèbres
fussent tout à fait descendues, les nègres avaient planté les
piquets, tendu la toile, la soie et le velours. Un tabernacle
splendide s'était élevé comme magie : rouge, semé de paillettes
ou flammèches d'or, avec l'écusson du seigneur des Iles au-
dessus de l'entrée.

Lequel écusson était « de sable (ou noir) à la croix arrachée
d'argent ».

Écusson de païen !

L'escadron des chevaliers de Béringhem était venu vers
cette tente au moment où les douze nègres et la barque se laissaient dériver au reflux. Les curieux avaient pu entrevoir de
loin, car où était l'homme hardi qui eût osé s'approcher de la

tente du comte Otto? les curieux avaient entrevu, quand les draperies s'écartèrent pour donner passage aux chevaliers, les magnificences de l'intérieur. Puis une troupe d'esclaves à cheval, précédée par des torches et soulevant dans la plaine un tourbillon de poussière, arriva. Les esclaves étaient habillés à l'orientale; ils portaient des vins précieux dans ces vases au ventre sphérique, au long col mince et droit, proscrits par le prophète. Des chariots suivaient, chargés de vaisselle, de mets exquis et de fruits vermeils.

Le velours des draperies se referma. On entendit bientôt à l'intérieur une musique suave que dominait par intervalles la voix mâle des chevaliers entonnant un hymme bachique.

A un certain moment où la joie du festin semblait à son apogée, une détonation se fit, semblable à un coup de tonnerre : une traînée lumineuse sillonna la nuit, et une gerbe d'étoiles étincela au firmament pendant quelques secondes. Quand les étoiles s'éteignirent, la tente du seigneur des Iles apparut aux regards éblouis comme un cône incandescent. Dix mille jets de lumière l'éclairaient de la base au faîte.

Le roi de France et le duc de Bretagne n'étaient pas assez riches pour déployer un luxe pareil. Mais le comte Otto faisait de l'or.

Berthe s'accoudait sur la balustrade de la terrasse; Jeannine était debout à ses côtés. Elles regardaient toutes deux cette montagne de lumière dont l'éclat blanc tranchait parmi les lueurs rousses et fumeuses qui parsemaient la plaine. Les rayons de ce fanal géant arrivaient jusqu'à elles; Berthe, sous ses tresses blondes, en paraissait plus pâle, et je ne sais quel effroi superstitieux se lisait sur le front incliné de Jeannine.

— Nous vivons dans un temps bien étrange, ma fille, murmura Mlle de Maurever; je pense à l'ermite du mont Dol, qui t'a saluée du titre de noble dame.

— L'ermite s'est trompé, dit Jeannine.

Berthe secoua la tête et répliqua lentement :

— Les saints ne se trompent point, parce que c'est Dieu qui parle par leur bouche.

Jeannine laissa échapper un petit cri d'étonnement.

— Qu'as-tu? demanda Berthe.

Jeannine, au lieu de répondre, étendit sa main vers le cône resplendissant qui se mirait dans l'eau tranquille du Couesnon. Berthe ne vit rien d'abord. La masse lumineuse ondulait à la brise; on ne pouvait la regarder qu'à travers des éblouissements. Au bout de quelques instants, comme l'astronome qui aperçoit enfin les taches du soleil, Berthe remarqua sur la surface enflammée un lent et mystérieux travail. Une invisible main éteignait çà et là les lumières une à une, de manière à tracer des lignes sombres qui se détachaient en noir sur le fond ardent. Les lignes formaient déjà trois lettres : A LA.

— Si j'étais homme, dit Berthe qui toucha son front du revers de sa blanche main, je voudrais tenter cette aventure de pénétrer dans la ville morte d'Hélion.

— Oh ! chère demoiselle ! s'écria Jeannine, ne parlez point de la sorte devant messire Aubry !

— Pourquoi cela, ma fille?

— Parce que l'idée lui viendrait peut-être d'affronter les dangers de ces îles maudites.

— Et tu as peur pour lui?

— J'ai peur pour sa mère, répondit Jeannine en baissant les yeux, et j'ai peur pour vous.

Berthe avait les yeux sur elle.

— Était-ce la première fois, demanda-t-elle brusquement, que tu voyais le saint ermite du mont Dol?

— C'était la première fois, répliqua Jeannine.

— Sais-tu que tu es bien belle, ma fille? prononça Mlle de Maurever comme malgré elle.

Il y avait quatre lettres nouvelles, tracées en noir sur le fond éclatant de la tente : PLUS.

Jeannine et Berthe devinaient déjà ce qui allait suivre.

— Partout ! murmura Berthe qui tremblait.

— Partout ! répéta Jeannine.

— Il y a en moi une voix qui me crie : « Ces mots sont une menace terrible ! »

— Chère demoiselle, dit Jeannine timidement, si vous êtes menacée, messire Aubry vous défendra.

— Toi et moi, ma fille ! s'écria Berthe avec vivacité, comme si elle eût voulu mettre sur les épaules de Jeannine la moitié du fardeau de ses appréhensions; la menace est pour toi autant que pour moi... Est-ce que tu ne crains pas?

— Qu'ai-je à perdre, moi? repartit Jeannine en détournant la tête; non, je ne crains rien.

— La vie...

— Ma vie et ma mort sont dans la maison de Dieu.

— L'honneur...

— Comment prendre l'honneur de celles qui ne tiennent plus à la terre?

— Mais tu as donc bien souffert, Jeannine? demanda Mlle de Maurever, qui se rapprocha d'elle; autrefois tu étais si heureuse et si joyeuse !

— Autrefois, répéta Jeannine en laissant échapper un soupir, j'étais une enfant; les enfants ne savent pas.

— Et que sais-tu, maintenant, ma fille?

— Je sais que le bonheur est au ciel.

— Voyons ! fit Berthe en baissant la voix, ne veux-tu point me confier ton secret?

— La dernière lettre est tracée ! s'écria Jeannine, éludant ainsi la question.

Berthe reporta son regard vers la tente. Les lettres noires formaient les quatre mots de la devise de l'Homme de Fer : A LA PLUS BELLE !

En ce moment, un sourd tumulte se fit dans la plaine bretonne; on eût dit le bruit d'une lutte qui avait lieu vers la cabane du bonhomme Rémy, l'heureux impressario, en train de faire sa fortune. Des cris et des malédictions s'élevèrent bientôt; les lanternes et les lampions qui entouraient la baraque s'éteignirent; de tous les coins divers où la foule s'était éparpillée, la foule s'élança vers la loge du bonhomme Rémy. Une nouvelle s'était répandue dans l'assemblée avec la rapidité de l'éclair.

Berthe et Jeannine écoutaient et regardaient cette cohue qui se mouvait désordonnément dans l'ombre. La cause dn tumulte leur échappait encore : tout à coup une grande clameui de détresse monta en même temps qu'une épaisse fumée.

— Au feu ! au feu ! cria la foule,

Quelques coups d'arquebuse retentirent. Les hôtes du sire du Dayron quittèrent la galerie et se précipitèrent sur la terrasse à l'instant où la flamme, se dégageant violemment de ses langes de fumée, jaillissait en gerbe au-dessus de la loge de Rémy.

Une seconde fusée partit de la tente du seigneur des Iles, traça dans l'air sa courbe chevelue et jeta sa cascade d'étoiles.

— Au feu ! au feu ! au feu ! clamait la cohue sur la rive bretonne.

Chacun put remarquer ce fait : la tente royale et la tente ducale éteignirent à la fois leurs fanaux, comme si elles eussent eu honte de paraître. Ne voulant ou ne pouvant réprimer, elles se voilèrent.

Nous disons réprimer, car l'incendie qui dévorait l : pauvre masure était un méfait patent. On avait vu les porteurs de torches, qui l'avaient allumé méchamment, et pendant que la foule éclatait en cris de détresse, un cercle muet d'hommes couverts d'acier entourait la loge et fermait tout passage aux secours.

Dans la loge, on entendait des plaintes confuses et désespérées.

Sur la terrasse du Dayron, dames et chevaliers s'interrogeaient les uns les autres. Quel démon avait jeté le brandon sur cet humble toit?

Il y avait comme une réponse muette dans le spectacle que présentait la plaine. L'ombre avait envahi les deux rives du Couesnon. Pour regarder l'incendie rouge et voilé de vapeur, il n'y avait plus que la tente du seigneur des Iles, toujours radieuse et vêtue d'étincelles.

A mesure que la cabane brûlait, on apercevait mieux, de la terrasse du Dayron, le cercle d'hommes d'armes qui protégeait l'œuvre de destruction. Les chevaliers n'auraient pas eu le temps de monter à cheval; le feu ne faisait qu'une bouchée de ces minces planches, et s'il n'y avait pas eu des créatures humaines à l'intérieur c'eût été comme un feu de joie.

L'incendie jeta son dernier soupir : cette grande flamme qui bondit au-dessus de la maison à l'agonie quand la toiture s'abîme. La terrasse du Dayron s'éclaira vivement à ce coup. On vit entre Jeannine et Berthe, muettes d'horreur, messire Olivier, baron d'Harmoy, qui regardait froidement l'incendie.

Aubry, accoudé contre la balustrade, essuyait son front baigné de sueur.

— Celui-là sait tout, prononça le sire du Dayron à voix basse en montrant messire Olivier.

— Le nom ! le nom de l'incendiaire ! cria-t-on de toutes parts.

Messire Olivier promena sur la noble assemblée un regard souriant et tranquille.

— Pourquoi le saurais-je mieux que vous? demanda-t-il.

— Vous le savez, dit madame Reine avec autorité.

Berthe répéta, comme si une voix qui n'était point la sienne eût parlé au dedans d'elle :

— Vous le savez.

— Je le sais, répondit Olivier, dont le froid sourire prit une expression de sarcasme; mais messire Aubry de Kergariou le sait comme moi.

— Le nom ! le nom ! s'écria-t-on en chœur.

— Le comte Otto Béringhem ! prononça Aubry, tout pâle et avec un frémissement.

— Et pourquoi ce crime lâche et abominable?

Aubry se tut.

— Voilà ce que mon jeune compagnon ne sait pas, dit messire Olivier en rejetant à droite et à gauche les belles boucles de ses cheveux noirs. Le comte Otto ne veut pas qu'on lui désobéisse.

— Et le comte Otto s'attaque à des malheureux sans défense, dit madame Reine avec dédain.

— Il y a dans la plaine de Pontorson, répondit messire
Olivier, un roi, un duc et des chevaliers. Malgré les chevaliers,
malgré le duc et malgré le roi, le comte Otto a puni ceux-là qui
lui avaient désobéi !

Messire Olivier avait, en parlant ainsi, la voix calme et
douce. Seulement, son front s'était redressé, tandis que sa
prunelle lançait un rapide éclair. Berthe avait les yeux fixés
sur lui; Jeannine regardait messire Aubry, qui semblait la fuir.

La cabane du bonhomme Rémy n'était plus déjà qu'un amas
de charbon. La lueur du feu jetait à peine quelques sombres
reflets à l'acier des armures.

Une troisième fusée déchira le ciel. Quand elle éclata, la
tente du seigneur des Iles éteignit comme par enchantement son
illumination resplendissante. La plaine entière se plongea
dans les ténèbres.

Au milieu de cette obscurité soudainement venue, on put
entendre la voix tranquille de messire Olivier qui disait :

— Demain, il fera jour. Ceux qui blâment le comte Otto
Béringhem ont toute une nuit pour aiguiser le fer de leurs
lances et fourbir leurs épées.

III

A la place où naguère s'agitait follement la fête, tout était silencieux et sombre. C'est à peine si la baraque incendiée jetait encore une lueur faible dans cette grande et complète obscurité. La nuit était sans lune; des vapeurs lourdes et chaudes couvraient les étoiles. On entendait le bruit sourd de la mer qui arrivait à l'embouchure du Couesnon. Les gens de Normandie avaient regagné Beauvoir ou Ardevon, les gens de Bretagne s'étaient mis en marche pour Saint-Georges ou le Roz. Pontorson regorgeait : il n'y avait point de place pour les paysans, dans ses maisons pleines de gentilshommes ou tout au moins de bourgeois.

Ceux qui demeuraient trop loin pour retrouver leur logis s'étaient arrangés comme ils avaient pu dans une manière de camp, formé de huit ou dix douzaines de tentes, qui s'abritait derrière la ville.

La ville elle-même dormait. Point de fête qui tienne quand a sonné le couvre-feu. Les fenêtres de l'hôtel du Dayron, situé hors de l'enceinte, restèrent éclairées quelque temps encore, puis elles cessèrent de briller l'une après l'autre, hormis une seule, dont les rideaux fermés laissaient passer une lueur.

Dans la plaine, la tente ducale, la tente royale et le fastueux tabernacle où le comte Otto Beringhem avait donné festin, se taisaient. Il eût fallu passer tout près de l'une d'elles, pour entendre le pas des sentinelles qui veillaient alentour.

Un homme rôdait cependant sur la rive bretonne, non loin de la baraque en cendres du pauvre père Rémy. Cet homme était un vieillard et portait le costume monacal.

— Dix heures et puis une, disait-il en cheminant avec peine, cela fait onze, maintenant comme autrefois. Et il y a longtemps que je ne m'étais vu hors de mon lit à pareille heure !

— Quand tu répéteras cela vingt fois ! se répondit-il à lui-même en haussant les épaules.

— Ne te fâche pas, ne te fâche pas, je ne le répéterai plus !

Frère Bruno s'arrêta tout en face de la cabane incendiée et baissa la voix pour dire en soupirant :

— Ah ! quel caractère !

Le fait est qu'il n'y avait plus moyen de discuter : au moindre mot il s'emportait !

Frère Bruno resta un instant appuyé sur son bâton. Il regardait d'un air triste le petit tas de cendres et de charbons presque éteints.

— Au mois d'août de l'an soixante-neuf, murmura-t-il en secouant sa tête sur laquelle il avait ramené son froc prudemment, à cause de l'humidité de la nuit, le pauvre nain Fier-à-Bras, surnommé l'Araignoire parce qu'il avait les cheveux hérissés, mourut brûlé à l'assemblée de Pontorson avec le père Rémy, du bourg de Tinténiac, et un homme de Jersey, qui avait six pieds de haut. Ce fut l'Ogre maudit qui mit le feu à leur baraque, car ils étaient dans une baraque où ils jouaient des farces et soties, ce qui ne doit point être une préparation bonne pour paraître devant Dieu. Le nain Fier-à-Bras s'appelait, de son vrai nom, Perrin Boireau; il était page pour rire, bouffon ou fou de messire de Coëtquen, seigneur de Combourg. Il avait plus d'esprit qu'il n'était gros et mangeait volontiers des tourtes du village d'Ardevon, lesquelles sont en vérité tendres et bien faites.

Frère Bruno ayant prononcé à haute voix cette oraison funèbre, pour les besoins de son répertoire de bonnes aventures, poussa un gros soupir. Pendant qu'il soupirait, un bruit léger se fit entendre dans la nuit. Pauvre Fier-à-Bras ! son petit corps et sa grosse tête chevelue ne devaient plus réjouir au dessert les hôtes du sire de Combourg. Personne n'avait pu s'échapper de la loge condamnée, autour de laquelle, tant qu'avait duré l'incendie, un cordon serré de soudards avait veillé l'estoc au poing. Mais si l'esprit du nain revenait sur terre, il devait rire dans la brise des nuits. Ce bruit qui se faisait entendre ressemblait au rire sec et strident du nain. C'était peut-être l'esprit du nain qui passait avec le vent du large.

Frère Bruno poursuivit son chemin, il allait vers le pont.

— Je ne sais pas si j'ai jamais vu une nuit plus noire, dit-il.

— Voilà, enfin, un mot de vrai ! répliqua la partie batailleuse et maussade de son individu ; ce n'est pas malheureux !

— Mon Dieu ! mon cher enfant, reprit frère Bruno avec douceur, quand je me trompe, c'est de bonne foi. La nuit est noire, je le dis... et maintenant que je me souviens, j'en ai vu de plus noires.

— Bon ! bon ! s'écria frère Bruno méchant, j'étais sûr que le vieux fou se repentirait de sa parole véridique !

Frère Bruno s'arrêta tout court. Il croisa ses bras sur sa poitrine.

— Mon ami, dit-il, je te donne l'exemple ; je retiens un mot un peu vif qui allait m'échapper. Crois-tu que tu n'aies pas, toi aussi, tes défauts et tes ridicules ? Tu serais donc le seul ! Tu bavardes, tu bavardes... Tiens ! Javotte de chez les Maurever, ta nièce... Et que celle-là est une grosse joufflue ! Javotte te l'a dit : on t'appelle Bruno la Bavette. Certes, ce n'est pas bien de donner des sobriquets aux gens d'église ; mais les gens d'église ont tort de les mériter, voilà tout. Attrape !

Il trébucha contre une pierre et faillit tomber tout de son long. Pour le coup, il se prit à rire.

— Ah ! ah ! ah ! s'écria-t-il, l'aventure est bonne, mon cousin ! pendant que tu m'accuses d'être bavard, tu bavardes tant et si bien que tu te casses le nez ! On voit la paille dans l'œil du voisin, on ne voit pas dans le sien la poutre ! Bryot, le bègue de Saint-Léonard-en-Tréguier, me disait toujours que je n'avais pas la langue bien pendue. Melaine Chrestien, qui jouait du serpent à l'abbatiale de Fougères et qui était ivrogne endurci, conseillait aux plus sobres de ne point tant boire. La femme dudit Melaine accoucha une fois de deux enfants jumeaux : un garçon et une fille. La fille fut sœur converse à la Madeleine; le fils tourna de côté; on le pendit à Vannes en soixante et un, voilà huit ans de cela. Il avait un soir coupé la bourse de Jean Riboust, le gros tanneur de Redon, et il y avait dans la bourse...

— Là ! là ! s'interrompit frère Bruno; ta voix s'enroue, mon camarade ! Repose-toi; tu n'as plus ta langue de quinze ans !

Il arrivait à la tête du pont. Le Couesnon, un bavard, aussi, babillait sur les gallets de son lit. Frère Bruno releva son froc qui gênait sa vue et fit effort pour percer les ténèbres. Il n'y avait personne sur le pont.

— Si le petit Jeannin me fait croquer le marmot ici, pensa le bonhomme, je lui en dirai mon avis. Du diable si je courrais la prétentaine par une nuit semblable pour un autre que lui. Je sens venir l'orage; dans une heure il va éclairer, dans une autre heure pleuvoir et tonner. Ce qu'on va penser de moi au couvent, je vous le demande !...

— Parbleu ! on pensera ce qu'on voudra, n'est-ce pas?

— Sans doute, je dis seulement qu'on s'étonnera de notre absence.

— Moi, je m'en bats l'œil !

— Toi, tu n'as pas la gravité qui convient à ton âge. Un religieux ne doit point parier comme un soldat. Je sais bien que ce n'est pas une affaire, Jérôme me remplacera bien pour une nuit.

— Et pour deux aussi, par ma foi !

— Savoir...

— Et pour trois ! si tu crois que tu es utile au couvent !

—Aussi utile que toi, mon ami... Sarpebleu ! tu me ferais jurer !

— Jure, vieux pécheur ! Ne te gêne pas !

Frère Bruno frappa du pied et ferma les poings.

— Ne me pousse pas ! s'écria-t-il avec une véritable colère : il y aurait de quoi se jeter à l'eau.

— Eh bien ! nous sommes sur le pont ! jette-toi, jette-toi ! je t'en défie !

Le spectre de Fier-à-Bras ne devait pas être bien loin, car un éclat de rire grinça aux oreilles de frère Bruno. En même temps la voix de Jeannin s'éleva vers l'autre bout du pont.

— Est-ce vous, mon digne frère? demanda-t-elle.

— C'est moi, répondit le moine convers; mais pourquoi ris-tu par cette triste nuit, petit Jeannin?

Le premier éclair entr'ouvrit la nuit et montra le visage du bon écuyer, qui, certes, n'était point trop joyeux.

— Pourquoi je ris? répéta-t-il sans comprendre.

— Ne t'ai-je pas entendu rire?

— Non, mon frère; je croyais que c'était vous ou votre compagnon.

— Mon compagnon? répéta frère Bruno à son tour. Puis se reprenant un peu confus, il ajouta : Bien, bien, petit Jeannin, je sais ce que tu veux dire. Quand je chemine, seul, la nuit, j'ai coutume de réciter tout haut mes patenôtres... Mais arrivons au fait, je te prie, et ne perdons pas de temps précieux en paroles inutiles. T'ai-je raconté jamais, petit Jeannin, la bonne aventure du Malandrin Pierre d'Acigné, qui détroussa, sur ce pont même où nous sommes, dom Vincent, prieur des bénédictins de Cancale? Il ne faisait pas encore nuit close, et dom Vincent venait tranquillement sur sa mule.

Jeannin lui serra fortement le bras.

— Avez-vous confiance en moi, mon frère? demanda-t-il.

— Presque autant que si tu étais gentilhomme, mon petit Jeannin, répondit Bruno sans hésiter.

— Ce n'est pas assez, dit l'homme d'armes.

— Eh bien ! répliqua encore Bruno, une fois plus que cela. Es-tu content !

Jeannin lui lâcha le bras et passa le revers de sa main sur son front.

— Non, murmura-t-il, je ne suis pas content et ce n'est pas assez.

— Que faut-il?

— Il me faut la confiance qu'on a pour son frère ou pour son père.

Bruno se gratta l'oreille.

— Je te connais depuis du temps, Jeannin, dit-il après un silence; c'est moi qui te montrai à jouer des deux bras comme un homme, là-bas, au siège de Tombelène. Te souviens-tu? je t'appelais Peau-de-Mouton... Apprends-moi ce que tu veux et je ferai mon possible.

— Ce que je veux, mon frère Bruno, je ne le sais pas encore bien moi-même. Ma tête travaille depuis hier, mais elle n'est pas habituée à travailler; elle va lentement à la besogne. Répondez-moi d'abord franchement : Êtes-vous pour la Bretagne ou pour la France?

— Est-ce que la France et la Bretagne sont en guerre? Si elles sont en guerre, saint Archange ! que devient mon mariage entre le dauphin Charles et la jeune duchesse Anne?

— Mon frère, on aura le loisir de faire la paix d'ici-là. Pour qui êtes-vous? pour le duc ou pour le roi?

— Je suis pour les bons hommes, mon fils. Vive Dieu ! allons-nous voir courir les lances? Les canons de Saint-Michel qui lancent des boulets de pierre vont-ils gronder? L'Évangile commande d'aimer la paix, mais Moïse et Josué ont fait la guerre, oui, bien par l'ordre du Très-Haut. Je bats mon froc quand je veux qu'il soit net; sans la lance et sans l'épée le monde mourrait de paresse... *Alleluia !* je rajeunis de vingt ans à penser que les bannières vont flotter au soleil !...

— Vous ne m'avez pas répondu, mon frère, interrompit Jeannin.

— Eh bien ! le sais-je, moi, pour qui je suis? s'écria le moine bonnement. Le Mont-Saint-Michel est en France, mais si peu ! Nous buvons les pommes de Bretagne. Quant à la question de patrie, je suis né sur la rivière du Couesnon, qui n'est ni ceci ni cela : ma mère avait un pied au pays des ducs, un pied sur la terre du roi. Si mon cœur est breton, ma rate est française. Je te dis, petit Jeannin, Noël pour les bonnes gens ! voilà ma devise.

L'écuyer de madame Reine écoutait ce bavardage avec une attention grave.

— Alors, dit-il, mon frère, vous n'avez point d'attachement personnel pour le roi?

— Le roi est mon prochain.

— Point de répugnance particulière pour le duc?

— Le duc est mon prochain.

— Si le duc voulait assassiner le roi...

— Vrai Dieu ! interrompit l'honnête moine convers, je défendrais le roi !

— Mon frère, dit Jeannin en lui posant sa large main sur l'épaule, voulez-vous m'aider à défendre le duc que le roi veut assassiner?

Bruno se recula ébahi.

— Et le mariage ! balbutia-t-il, car cette idée ne voulait point sortir de son esprit; je commence à croire que le compère Gillot, de Tours en Touraine, n'a pas joué franc jeu. Le mariage était arrangé. Pourquoi les deux beaux-pères veulent-ils s'entr'assassiner maintenant?

Jeannin n'eut garde de relever la hardiesse de cette expression, « les deux beaux-pères », appliquée à Louis XI et à François de Bretagne, à l'occasion des fameuses fiançailles. Il répéta sa question patiemment.

— Mon petit Jeannin, répondit Bruno cette fois, si nous défendons le duc, te fera-t-on chevalier?

— Je ne sais, mon frère.

3

— Voilà ce qu'il faut savoir. Fier-à-bras, la pauvre créature... quand on pense qu'il riait de si bon cœur, ce matin ! As-tu vu cet homme de Jersey le dévorer, toi? Ce devait être un spectacle curieux. Dieu ait son âme, car il avait une âme, malgré l'exiguïté de son corps... Fier-à-Bras donc, la pauvre créature, me disait hier ces propres paroles : « Si Jeannin n'est pas chevalier, sa fille mourra ». Le fallot avait du bon sens, et les sages pouvaient profiter parfois à son entretien. Je ne comprends pas bien pourquoi ta fillette mourrait si tu n'étais pas chevalier, ami Jeannin, mais je l'ai vue ce jourd'hui sur la terrasse du Dayron; elle m'a envoyé de loin un gentil baiser avec un bon sourire : je ne veux pas qu'elle meure !

L'écuyer de madame Reine avait courbé la tête. Sans la nuit noire, le moine convers aurait surpris une larme qui brillait dans ses yeux.

— Jeannine ne mourra pas, mon frère, murmura-t-il; pourquoi Dieu enlèverait-il à un pauvre homme sa dernière joie? Fier-à-Bras avait du bon sens, comme vous le dites, mais il parlait souvent à tort et à travers.

Ils tressaillirent tous deux, accoudés qu'ils étaient au pont. Une voix qui semblait sortir de dessous l'arche, confondue avec le murmure de l'eau sur les galets, prononça distinctement ces deux mots :

-- Tu mens !

Le moine et l'écuyer gardèrent un instant le silence.

— Je l'avais déjà entendu rire là-bas, murmura Bruno; son âme est peut-être en peine et tu as parlé un peu légèrement d'un mort, ami Jeannin. Désormais, si tu m'en crois, nous gagnerons chacun notre gîte; je n'aimerais pas à causer plus longtemps en ce lieu.

Jeannin l'arrêta au moment où il s'éloignait déjà.

— Mon frère, dit-il d'une voix ferme, nous nous séparerons quand j'aurai votre parole. Puisque vous n'aimez pas le roi plus que le duc, défendez le duc comme vous auriez défendu le roi.

— Écoute ! fit le moine qui prêtait l'oreille ; n'a-t-on point encore parlé ici près? Il y a des âmes tourmentées qui volent dans l'air, d'autres qui nagent en suivant le fil de l'eau. Je promets bien que Fier-à-bras aura ce qu'il lui faut de prières

— Merci ! fit la voix mystérieuse dans la nuit.

Les dents du bon moine claquèrent.

— Le soir de la fête, grommela-t-il pourtant, ce même jour du mois d'août en l'an soixante-neuf, la voix du nain décédé qui sort de dessous l'arche et qui dit la première fois : *Tu mens !* la seconde fois *merci !*

— Cela me rappelle, ajouta-t-il tout haut et passant son bras un peu tremblant sous celui de Jeannin, l'aventure du défunt Thual, qui revint battre sa femme en quarante-deux, à l'heure où il avait coutume de la battre de son vivant... et aussi l'aventure de Suzon Mignot, du bourg de Genest en Normandie. Suzon avait volé trois gerbes dans le champ de Guyot Mélin, vers la fin d'août, et ce fut au commencement de septembre qu'on la mit au cimetière. Les trois gerbes étaient encore dans la grange de Samuel Mignot, mari de feue Suzon. Ce Samuel était soupçonné de juiverie, et j'ai ouï dire une fois au diacre de Saint-Nicolas que le père de Samuel faisait le sabbat, avec bien d'autres, dans la ferme abandonnée qui est au bord de la grève, devant le bourg... Donc les trois gerbes... non... c'est Suzon Mignot... mais si fait, je dis bien : les trois gerbes qui restaient dans la grange...

— Bavard ! bavard ! bavard ! prononça par trois fois sous l'arche la voix mystérieuse.

Le moine se tut, mais ce fut pour ajouter aussitôt :

— Bavarder n'est pas mon défaut, mais pour une fois, si j'ai bavardé, eh bien ! je ferai pénitence.

— Jeannin, mon ami, se reprit-il, que cet exemple te profite ; tu es enclin à parler longuement. Dis-moi, en peu de paroles, ce qu'un pauvre vieux moine convers peut faire pour ton duc François, et dépêche !

Le bon écuyer ne demandait pas mieux que d'être bref.

— Vous m'avez dit, mon frère, répondit-il, que vous

étiez comme les deux doigts dans la main avec Guy Legriel, premier sergent des archers de la communauté.

— J'ai dit la vérité.

— Par vous et par lui, continua Jeannin, pourriez-vous faire qu'une demi-douzaine de bons compagnons comme moi eût entrée dans l'enceinte du couvent?

— Tu n'as pas besoin de moi pour entrer, petit Jeannin; la porte est tous les jours ouverte.

— Les bons compagnons dont je vous parle, répliqua Jeannin en baissant la voix, seraient armés...

—· Voire ! interrompit Bruno, veux-tu me faire finir mes jours dans l'*in-pace*? Des gens armés au couvent ! *Benedicamus Domino !* Legriel n'y peut rien, le bon camarade qui est à jeun chaque matin jusqu'à l'heure de sa première tasse. Qui accuserait-on? le tourier. Connais-tu les cachots, petit Jeannin? Celui où messire Aubry, le père de ton jeune seigneur, fut enfermé vers l'an cinquante, est libre et vacant. Six pieds cubiques taillés au vif du roc ! On a de quoi se retourner, j'espère ! Nenni, nenni, mon homme ! tu en as assez dit : je te dispense du reste !

— S'il vous plaisait m'écouter... insista Jeannin.

— Point, point, cela ne me plaît pas. On m'a promis un lit pour cette nuit dans la tente du gruyer juré, qui est dressée là-bas au nord de la rivière. J'y devrais être déjà. Bonsoir, petit Jeannin !

Le brave écuyer ne répondit pas. Il s'assit sur le parapet du pont et mit sa tête entre ses mains. Frère Bruno descendit jusqu'à la berge et se prit à cheminer au bord de l'eau, le long des buissons de saules blancs et d'aunes. En cheminant, vous pensez bien qu'il causait avec lui-même.

— Peur? se disait-il, de quoi aurais-tu peur?

— Qui te parle d'avoir peur?

— Je te sens, parbleu, mon cousin ! Tu tremblotes comme un vieux chat !

— Devisons d'autre chose. As-tu vu ce Jeannin ! Le roi ! le duc ! Que me fait le duc? Je suis sujet du roi, et je suis charge d'un poste de confiance. Si le roi et le duc ont des affaires ensemble...

Le feuillage des aunes s'agita tout auprès de lui.

— Le roi s'est moqué de toi ! dit cette voix aigrelette et contenue qui naguère s'était fait entendre sous l'arche.

Frère Bruno pressa le pas. Mais l'agitation des saules blancs et des aunes semblait le suivre. On eût dit que tous ces buissons avaient la fièvre sur son passage. Le frisson se communiquait de l'un à l'autre, et les touffes de feuillage frémissaient à tour de rôle. Pas un souffle de vent dans l'air. Le tonnerre grondait au lointain, et les éclairs embrasaient l'horizon à de longs intervalles, du côté de la haute mer.

Frère Bruno ne parlait plus, mais il pensait :

— Pourvu que j'arrive à la tente du gruyer juré avant l'orage !

— Tu n'y arriveras pas ! prononça la voix qui répondait à sa pensée.

Et de la feuillée frémissante, ce refrain monotone incessamment sortait :

— Le roi s'est moqué de toi ! le roi s'est moqué de toi !

IV

LE LUTIN

La patience n'était pas le vice dominant de frère Bruno.

— *Vade retro !* s'écria-t-il enfin sans ralentir le pas, j'ai peur, c'est vrai, mais je donne mon âme à Dieu et je te provoque, esprit, fantôme ou démon !

L'esprit, le fantôme ou le démon répondit :

— Le roi s'est moqué de toi !

—- Tu en as menti ! répliqua frère Bruno; je ne connais pas le roi.

— Connais-tu maître Pierre Gillot, de Tours en Touraine? demanda la mystérieuse voix.

Frère Bruno resta un pied en l'air, malgré sa goutte. Un trait de lumière le frappait.

— Grand saint Michel ! grommela-t-il, est-ce que c'est possible? Maître Gillot...

— Maître Gillot est le roi, reprit la voix; le roi est venu pour assassiner le duc de Bretagne ou tout au moins le tenir captif par trahison, et c'est le roi que tu as envoyé à Jeannin l'écuyer, au manoir du Roz.

— Est-ce possible ! Est-ce possible ! répétait le moine convers.

En même temps, il se recueillait et faisait cet important travail :

— En l'an soixante-neuf... voilà une année fertile en bonnes aventures ! En l'an soixante-neuf, Pierre Gillot, de Tours en Touraine, qui monte à ma cellule et me conte des histoires à dormir debout, mariage du dauphin en projet et de la duchesse en semi.. Je donne là dedans, comme un vieil innocent que je suis. Pierre Gillot me tire les vers du nez et me fait nommer portier... Pierre Gillot était le roi de France !

— Merci de moi ! voici la pluie ! s'écria-t-il ; spectre ! je sais bien que tu es l'âme de Fier-à-Bras l'Araignoire.

— On ne peut rien vous cacher, mon frère ! dit la voix qui s'étouffait dans un éclat de rire.

— Les défunts ont-ils donc tant de gaîté? grommela Bruno, pris d'un doute.

— Quand ils furent d'un caractère joyeux en ce monde mortel, oui, mon frère.

— Ceci paraît plausible, fit le moine ; veux-tu des prières?

— Une prière n'est jamais de trop.

— Tu en auras... Que Dieu te garde !

— Restez, s'il vous plaît, mon frère ; je veux encore autre chose.

Les gouttes de pluie, tombaient, larges comme des écus.

— Dis ce qu'il te faut ! s'écria le moine avec impatience.

— Il me faut l'entrée du couvent pour mon ancien compère Jeannin et ses hommes d'armes.

— Impossible !

A peine ce mot était-il prononcé, qu'un éclair fit le jour dans la plaine. Quelque chose bondit hors du buisson de saules en poussant un cri bizarre et inhumain. Le pauvre frère perdit le souffle. Le quelque chose était sur sa nuque, et deux objets qu'on pouvait prendre pour des jambes lui serraient le cou vigoureusement.

En général, les esprits n'ont point de jambes. Mais au fond, sait-on bien précisément les choses de l'autre monde?

Frère Bruno chancela ; ses genoux fléchirent ; il se prosterna la face contre terre. En cette position, les deux jambes posaient commodément leurs pieds sur le sol.

— *Vade retro !* balbutia-t-il. Ah ! coquin, tu m'étrangles !
Grâce, mon petit ami, nous étions compères de ton vivant !...
Vas-tu me lâcher, vampire !

Le quelque chose le prit par sa dernière mèche en façon
de licou et se mit à faire le mouvement d'un cavalier qui trotte.

— Scélérat ! damné ! démon ! criait le malheureux Bruno;
ah ! je me souviendrai longtemps de cette aventure !... Mon
digne petit compagnon, que t'ai-je fait?

— Hop ! cria le lutin; au trot ! au galop ! hop ! hop !

— Pitié ! râla Bruno, dont la langue pendait.

— Feras-tu ce que veut Jeannin?

— Je ne puis.

— Alors, nous allons chevaucher jusqu'aux sables mouvants...

— Miséricorde !

— Ou plutôt, je vais dire un mot au tonnerre.

Un éclat de foudre fit trembler l'atmosphère et le sol.

— Miséricorde ! miséricorde ! répéta le frère Bruno affolé,
je ferai tout ce que tu voudras, mon cher petit ami.

Il sentit son cou subitement dégagé. Il se releva. Son
regard timide chercha tout alentour, et Dieu sait que les
éclairs ne manquaient point pour aider sa recherche. Il n'y
avait personne auprès de lui. Un instant il pensa qu'il avait
été le jouet d'un cauchemar. Mais, au dernier éclair, le buisson
de saules s'agita, comme si une main robuste l'eût secoué
furieusement, et la voix fantastique s'éleva de nouveau :

— Je vais annoncer au bon écuyer Jeannin, dit-elle, que
tu l'attends avec ses hommes d'armes.

— C'est convenu, répliqua le moine; que Dieu me pro-
tège !

— Au revoir !

Frère Bruno reprit sa course. Quand il eut fait une centaine
de pas sous la pluie, il se retourna, les poings fermés, et
menaça le vide.

— J'en aurai le torticolis ! dit-il, et que le diable t'emporte
avec ton bon écuyer Jeannin !... En soixante-neuf, les saules

blancs du Couesnon qui s'agitaient tout seuls et l'âme de
Fier-à-Bras l'Araignoire qui me sauta à califourchon sur le
cou, pendant que le tonnerre faisait rage et que la pluie tombait à torrents... Mauvaise histoire ! Et ce qui s'en suivra
mon patron le sait !

Il arriva à la tente du gruyer traversé jusqu'aux os. Il se
mit au lit sans conter aucune bonne aventure à son hôte.
En se couchant, il trouva moyen de décharger sa mauvaise
humeur sur quelqu'un.

— C'est ta faute, dit-il.

— Je t'attendais là ! Quand les choses tournent mal, c'est
toujours ma faute, n'est-ce pas?

— On ne donne pas rendez-vous aux soudards à dix
heures de nuit.

— Tu peux bien dire onze heures.

— Raison de plus ! Tu as ce que tu mérites.

— Et toi aussi ! En voilà assez, à la niche et fais le
mort !

Comment se conduire avec ses tyrans domestiques qui
n'admettent pas la discussion? Le mieux est de se soumettre.
Frère Bruno étouffa un murmure et se coucha. Il dormit
comme un juste qu'il était, rêvant qu'on le mettait en paradis et que le paradis était une maison immense, toute pleine
d'oreilles incessamment avides d'entendre conter de bonnes
histoires.

Jeannin, cependant, était resté sur le pont, tout pensif.
Son plan lui avait coûté beaucoup de travail : il le jugeait
excellent; mais voilà que tout cet édifice, péniblement cons-
truit, manquait par la base. C'était à recommencer.

Il y avait à la tête du pont un bouquet de vieux peupliers bien branchus; quand la pluie vint, Jeannin se mit à
couvert sous les arbres. Il discutait en vérité avec lui-même
comme s'il eût été frère Bruno la Bavette.

— Ces choses sont au-dessus de ma portée, se disait-il;
qu'ai-je à faire en ce monde, sinon à garder la veuve de mon
maître et son noble héritier? La Bretagne est trop grande;

c'est tout au plus si je saurai défendre notre petit manoir du Roz... Malheureux que je suis ! ai-je su défendre ma fille chérie contre la tristesse qui efface les belles couleurs de sa joue? Les princes ont des conseillers et des capitaines. Jeannin ! Jeannin ! ne songe qu'à ceux que tu aimes !

— Jeannin ! Jeannin ! dit tout auprès de lui une voix bien connue, songe à la pluie qui tombe et au rhume que tu vas gagner !

Le bon écuyer se leva tout droit.

— Songe, reprit la voix, que les peupliers attirent la foudre, et viens avec moi dans mon réduit.

— Fier-à-Bras ! balbutia Jeannin, qui avait reconnu le petit homme à la lueur des éclairs; veux-tu donc m'entraîner en l'autre monde où tu habites?

Le nain fit une gambade et se mit à rire.

— Es-tu aussi simple que le pauvre frère Bruno? s'écria-t-il; en voilà un à qui j'ai fait une belle peur ! Viens avec moi, Jeannin, mon ami, et je te dirai comment rendre les fraîches couleurs aux joues de ta chère fille.

Jeannin hésitait. Il se signa.

— Te faut-il la preuve que je suis un homme de chair et d'os comme toi? reprit Fier-à-Bras; sois donc convaincu.

Il se baissa un petit peu, presque pas, et l'écuyer porta la main à son mollet en laissant échapper un cri. Fier-à-Bras l'avait pincé jusqu'au sang.

— Tu es en vie, coquin, dit Jeannin avec un véritable élan de joie; tant mieux ! Pendant l'incendie, j'ai fait ce que j'ai pu pour arriver jusqu'à toi, mais j'avais un pourpoint de laine, et ces mécréants étaient armés de toutes pièces.

— Je t'ai vu, répliqua le nain, et je te dis grand merci, mon compère. Dans toute cette foule, il n'y a eu que toi pour dégainer en ma faveur. Ah ! si seulement cette sotte pluie qui tombe à verse maintenant avait avancé de deux heures, le bonhomme Rémy ne serait pas rôti et je pourrais faire valoir contre lui ma créance... C'est trente sols tournois que je perds à ce jeu-là, c'est-à-dire quinze tourtes d'Ardevon !

Il avait pris l'écuyer par la manche et l'attirait vers le cours
du Couesnon. Tout en marchant, il continuait :

— La pluie perce déjà le feuillage des peupliers, et je
ne veux pas gâter mes chausses neuves. Mon manteau a été
brûlé avec le père Rémy et le grand idiot de Jersey. Tu dis
bien, mon ami Jeannin : tant mieux que je vive ! tant mieux
pour moi ! tant mieux pour toi ! tant mieux pour Coëtquen,
mon maître ! tant mieux pour la digne femme Lequien, qui
met au four les bonnes tourtes d'Ardevon ! tant mieux pour
la Bretagne, qui me possède, pour la France, qui possédera
la Bretagne ! Tant mieux pour l'Europe ! tant mieux pour
l'univers !

— Là ! fit-il en tournant court sous la première arche
du pont; la mer baisse tout exprès pour nous, et nous serons
ici comme dans notre chambre. J'ai dormi plus d'une fois en
ce lieu ; seulement il ne faut pas avoir le sommeil trop dur,
car le flux vient sans crier gare ! Assieds-toi là, mon ami
Jeannin : nous allons causer raison comme si tu étais un
homme de sens.

Sous l'arche, du côté du rivage, il y avait un enfoncement
en forme de niche. Dans la niche, on avait mis une grosse pierre
qui pouvait servir de siège. Jeannin s'assit; Fier-à-Bras se
mit sans façon sur ses genoux.

— Écoute le vent siffler et la pluie tomber, dit-il; ici, nous
nous moquons de la pluie et du vent.

— Que me parlais-tu de ma fille?... commença Jeannin.

— Bon ! bon ! tu vas trop vite. Chaque chose aura son
temps. Dis-moi ce que tu as fait aujourd'hui.

— J'ai songé...

— Creux? J'aime mieux ton bras que ta cervelle. Moi, qui
suis un penseur et un philosophe, je puis bien passer mon
temps à songer; toi, tu as bons yeux et bon poignet : regarde
et agis.

— J'ai beau regarder, mon pauvre Fier-à-Bras...

— Tu ne vois rien, n'est-ce pas?

— Rien de bon ! et pour ce qui est d'agir...

— Tu ne sais pas par quel bout t'y prendre?... Ah ! ah !
si j'étais mort, tu serais un homme perdu ! Que s'est-il passé
à l'hôtel du Dayron, depuis ce matin?

— On a festoyé, on a ri, on a dansé.

— Y étais-tu?

— Non.

— Que n'y étais-je, moi ! On a dû remarquer mon absence.
L'appât du gain et des tourtes m'avait entraîné : je suis puni...
L'Homme de Fer était ce soir à l'hôtel du Dayron.

— L'Homme de Fer ! répéta Jeannin.

— L'Homme de Fer a regardé ta fille, reprit Fier-à-Bras.

Jeannin serra involontairement la poignée de sa dague.

— Tu es fort, continua le nain tranquillement, mais celui-là
est plus fort que toi. L'ermite a dit qu'il serait tué par une
femme. Pourquoi? parce qu'aucun homme ne pourrait le tuer.
Je n'ai pas pu tout voir à cause du rôle que je jouais dans la
baraque du vieux Rémy; mais j'ai aperçu ta fille sur la terrasse avec Berthe de Maurever. Le comte Otto regardait
aussi Berthe de Maurever.

— Prends garde ! s'écria Jeannin, c'est la fiancée de mon
jeune seigneur !

— Ne t'occupe pas d'elle plus que ton jeune seigneur lui-
même... J'ai vu encore madame Reine qui te cherchait des
yeux dans la foule. Si j'avais pu quitter la loge et me glisser
à l'hôtel du Dayron, ne fût-ce que pour dix minutes, je t'en
dirais plus long, mais il fallait exécuter loyalement mon
contrat avec le bonhomme Rémy, n'est-ce pas vrai? Je n'ai vu
les choses que de loin... Ce que je puis te dire en toute sûreté
de conscience, c'est que ton messire Aubry est damné aux
trois quarts et demi.

— Quand tu parles de messire Aubry ou de madame
Reine, interrompit Jeannin sévèrement, garde-toi de perdre
le respect !

— J'ai bien perdu trente sols tournois auxquels je tenais
plus qu'à tout le respect du monde ! Puisque tu ne veux
point le savoir, je ne te dirai pas que j'ai vu messire Aubry

chevaucher côte à côte avec le diable !... Ah ! ah ! mon ami
Jeannin, il est grand temps que tu sois chevalier !

— Explique-toi.

— Que nenni ! L'explication serait peu respectueuse pour
ton jeune maître. Je suis gentilhomme et j'ai le droit d'avoir
mon opinion, la voici : je donnerais pour notre belle Jeannine
messire Aubry, madame Reine et Berthe de Maurever par-
dessus le marché. J'ai idée parfois que je l'aime autant que
mes tourtes, notre belle Jeannine ! Pasques-Dieu ! comme
dit mon cousin le roi de France; l'ermite l'a appelée noble
dame, et l'ermite ne parle pas au hasard...

Jeannin le prit par les deux épaules et le regarda en face.

— Messire Aubry aurait-il commis quelque faute grave?
demanda-t-il.

— La faute que commet le papillon en mettant son aile
trop près de la chandelle, répondit le nain.

— Court-il un danger que je puisse lui épargner?

— Il court le danger des fous sur les ponts où il n'y a
point de parapet.

— Au nom de Dieu ! dit Jeannin pour la seconde fois,
explique-toi !

Mais le nain disait et faisait ce qu'il voulait, rien autre.

— Tout à l'heure, fit-il, comme s'il se fût parlé à lui-même,
pendant que nous étions sous les peupliers, je regardais la
façade de l'hôtel du Dayron. Toutes les fenêtres étaient
noires, hormis une seule. Sur les blancs rideaux de celle-là;
j'ai vu deux silhouettes se détacher : le profil hautain de Berthe
et le gentil profil de Jeannine...

— Berthe de Maurever, en effet, dit l'écuyer, daigne
porter à ma fille une affection qui nous honore.

— Et qui me fait l'aimer un petit peu, ajouta le nain,
bien qu'elle soit la nièce de dame Josèphe de la Croix-Mauduit,
qui m'a fait chasser de son hôtel par son vieil écuyer... Sais-tu,
Jeannin? si tu ne deviens pas chevalier, tu ressembleras sur
tes vieux jours à l'écuyer de dame Josèphe, lequel rit encore
moins souvent que madame Reine... Mais pourquoi cette

chambre aux rideaux blancs reste-t-elle éclairée quand toutes les autres lumières sont éteintes? Et pourquoi les deux jeunes filles veillent-elles quand tout le monde dort?

— Oui, pourquoi? répéta Jeannin qui ouvrit ses deux oreilles.

— Voilà, dit Fier-à-Bras, nous saurons cela un jour ou l'autre, si Dieu nous prête vie... Mais tu n'es guère curieux, mon oncle! Tu ne m'as pas seulement demandé comment j'avais échappé au feu de l'Ogre des îles. Les miracles sont-ils si communs qu'on ne tourne point la tête pour les voir?

— C'est donc par miracle que tu as été épargné, petit homme?

— Je te fais juge. J'avais été dévoré déjà je ne sais combien de fois, et j'étais harassé de fatigue... Entre parenthèses, je parie que tu ne sais pas comment fait un balourd pour dévorer un gentilhomme?

— Non, assurément.

— C'est curieux. Ce père Rémy était un vieux coquin de mérite. Il avait inventé cela. Figure-toi que le pauvre grand Jersyas, quand la baraque était bien pleine, revêtait une dalmatique de chevalier, longue, large et maintenue sur la poitrine par une légère armature en fil de fer. L'armature faisait ballonner le devant de la dalmatique sous le menton de Jersyas. Pendant qu'il manœuvrait ses énormes dents postiches, je me plongeais dans sa barbe d'étoupe, et je disparaissais petit à petit entre la dalmatique ballonnée et la peau. Les spectateurs avaient la chair de poule, on n'entendait que des sanglots dans la baraque : ils s'amusaient pour leur argent, va!... Tu me diras : Ce n'est pas tout d'avaler un gentilhomme, il faut en faire la digestion. Nous allons y venir. Entre les jambes de Jersyas il y avait un sac de cuir suspendu par des courroies attachées autour de ses reins. J'arrivais tout essoufflé dans le sac, car je peinais beaucoup en passant au travers de sa barbe d'étoupe. Le corps ce n'était rien; mais la tête, je l'ai grosse pour pouvoir loger toute ma cervelle; la tête c'était le diable! Si tu veux te mettre à ma place, tu comprendras qu'on n'était pas très commodément dans le sac de cuir pour reprendre haleine. Je ne gardais mon courage qu'en songeant au four de dame Lequien où cuisaient mes quinze tourtes d'Ardevon.

Ici le nain poussa un profond soupir. Jeannin écoutait bouche béante. Il y avait en lui de l'enfant, malgré son honnête gravité : il se croyait à la veillée.

— Enfin, reprit Fier-à-Bras, il me viendra peut-être quelque aubaine en récompense de ce que j'ai perdu. Je restais dans le sac de cuir jusqu'au moment où le géant prenait sa massue pour se défendre contre les chevaliers français et bretons qui venaient l'attaquer dans son castel. C'était la crise. Le géant, obligé de bondir et de faire toutes sortes de contorsions avant de recevoir le coup de la mort, ne pouvait pas me garder entre ses jambes.

— Dans votre mystère, interrompit Jeannin, les chevaliers de France et de Bretagne mettaient donc à mort l'Homme de Fer?

— Eh ! sans doute, mon oncle ! C'est là ce qui lui a tant déplu ! Il avait envoyé par un messager, noir comme la crémaillère du Roz, l'ordre de ne le point montrer vaincu dans sa lutte avec les chevaliers. Mais si nous avions fait cela, les bonnes gens nous auraient étranglés bel et bien ! Ne m'interromps plus, car voilà qu'il est tard et j'ai sommeil. Le géant allait donc chercher sa massue, appuyée contre un arbre. Au pied de l'arbre, il y avait un trou fermé par une trappe. Je détachais les courroies, j'ouvrais la trappe et la digestion était faite.

— Voire ! fit Jeannin émerveillé, la dalmatique cachait tout cela !

— Cette observation prouve bien que tu as du sens, mon oncle ! je refermais la trappe et le public n'y voyait que du feu... Devines-tu le reste?

— Quand les incendiaires sont arrivés, tu étais dans ton trou?

— Non pas, mais je m'y suis mis, et je venais d'en sortir,

après l'incendie fini, quand j'ai entendu Bruno la Bavette qui se disputait tout seul dans la plaine; j'ai assisté à votre entrevue; j'ai percé à jour tes projets et je les ai servis, parce que je suis un noble Breton, après tout.

— En quoi as-tu servi mes projets? demanda Jeannin.

— Quand il en sera temps, je te conduirai moi-même au monastère et tu verras si la porte reste close devant moi !

— Je voudrais savoir....

— Point ! Demain matin nous causerons affaires. Le flux vient à six heures, je t'éveillerai. Dormons !

Jeannin eut beau l'interroger, il ne répondit plus qu'en ronflant. Le bon écuyer s'enveloppa dans son manteau, en ayant soin de protéger le nain qui était toujours sur ses genoux, et ses ronflements sonores accompagnèrent bientôt ceux de Fier-à-Bras. Il y avait longtemps que le soleil était levé quand Jeannin s'éveilla en sursaut, parce que l'eau du fleuve lui montait le long des jambes. Fier-à-Bras, ne voulant point mouiller ses chaussures, se mit à cheval sur l'épaule droite de l'homme d'armes. Ils regagnèrent ainsi la prairie.

— Mène-moi déjeuner quelque part, dit le nain, et je t'en apprendrai si long que tes oreilles tinteront comme la maîtresse cloche de Combourg.

— Il faut que j'aie auparavant des nouvelles de ma fille, répliqua l'écuyer.

— Je puis t'en donner, je viens de voir son gracieux minois à la fenêtre de l'hôtel du Dayron. Elle suivait de l'œil ces deux cavaliers qui vont disparaître là-bas dans la brume.

— L'un de ces chevaliers n'est-il point messire Aubry? murmura Jeannin qui se fit de la main un garde-vue.

— Si fait, répliqua le nain.

— Et l'autre?

— L'autre?... Voici la seconde fois que je vois messire Aubry chevaucher côte à côte avec le diable.

— Mon cheval est ici près, s'écria Jeannin, je pars et je les aurais rejoints dans un quart d'heure !

— Si tu trouves leurs traces, dit Fier-à-Bras en étendant le doigt vers la plaine ; vois ! ils sont déjà dans le brouil-lard ?

Ils étaient à la porte de la ville et non loin de l'auberge où Jeannin avait mis son cheval, Jeannin était bien résolu à donner la chasse à son élève. En cas de danger, il voulait à tout le moins en prendre sa part. Mais le nain commanda d'autorité à déjeuner pour un gentilhomme et un soldat.

— Tu n'iras point, ce matin, courir la prétentaine, mon oncle, dit-il pendant que Jeannin sellait son cheval ; c'est moi qui te taillerai ta besogne... A table ! A table !

Jeannin voulut résister, mais Fier-à-Bras savait le mot magique sous lequel pliait la volonté du bon écuyer ; il pro-nonça le nom de Jeannine. Jeannin se mit à table. Le nain but, mangea et parla comme quatre. Quand il eut achevé sa dernière rasade, il se mit sur ses petites jambes, qui fla-geolaient ni plus ni moins que celles d'un ivrogne de taille ordinaire, et s'écria :

— Eh bien ! mon oncle, que dis-tu de ma politique ?

— Je crois que tu es sorcier ou devin, petit homme ! répondit Jeannin tout pensif.

— Donc, reprit Fier-à-Bras, monte à cheval et va chez le duc. Voici Catiolle la mareyeuse qui passe avec son âne ; je vais me mettre dans un de ses paniers, elle me conduira chez le roi.

V

C'était une chambre d'assez grande étendue, très haute d'étage et dont le plafond en bois de chêne sculpté absorbait les rayons de la lampe. Une tapisserie à personnages mythologiques de grandeur plus que naturelle couvrait les murailles à partir du lambris, qui avait six pieds de haut. Au centre du plafond une tasse de bois de cèdre contenait l'huile douce qui attire et fait périr les insectes; trois chaînettes de fer la soutenaient. Il y avait deux lits à colonnes, carrés tous deux, tous deux énormes et juchés sur leurs estrades entourées de galeries. A la tête de chaque lit, une tablette sculptée supportait le gobelet d'argent et la fiasque au long col, pleine de vin saturé d'hyssope et de marjolaine. Le sire du Dayron savait exercer l'hospitalité.

Quatre fenêtres, situées en face les unes des autres, s'ouvraient : deux sur le pont de Couesnon, deux sur la cour intérieure. Elles avaient de petits carreaux verdâtres, losangés de plomb. Au-devant de chacune d'elles deux rideaux de serge violette se croisaient; les courtines des lits, les lambrequins et les rideaux étaient également de couleur violette. Une broderie au petit point, sur fond noir, aux nuances ternes et passées, recouvrait les immenses fauteuils dont les dossiers droits égratignaient les lambris. Sur la cheminée qui, certes, était plus grande qu'une de nos chambres à coucher modernes, un petit miroir de Venise, biseauté en dedans du cadre et chargé d'ornements lourds, s'inclinait pour présenter sa face polie aux hôtes de ce réduit. S'il eût été perpendiculaire au sol, sa glace n'eût reflété que les dieux roides et nus de la tapisserie.

Bien qu'on fût au cœur de l'été, un feu de souches brûlait dans l'âtre et combattait un peu la mortelle tristesse qui s'exhalait de ces vieilles murailles habillées de laine humide. Dame Josèphe de la Croix-Mauduit eût été là parfaitement logée avec son antique suivante, son faucon sénile et ses roquets décrépits. C'était vraiment une chambre de dignité première, sentant comme il faut le renfermé, froide, fière, revêche, où le moindre éclat de rire eût étonné l'écho, vierge de toute gaieté. Mais dame Josèphe, avec sa suite (sauf l'écuyer octogénaire) habitait le réduit voisin. On avait mis dans cette pièce en deuil nos deux jeunes filles, Berthe et Jeannine.

La lampe, placée sur un guéridon bruni par le temps, épandait en vain ses lueurs. Partout les rayons se noyaient. Les moulures du plafond disparaissaient dans la nuit. Les personnages mythologiques se perdaient dans le feuillage noir, et seuls, derrière les rideaux, les petits carreaux entourés de plomb renvoyaient çà et là quelques étincelles capricieuses.

Le bois vert gémissait, le lambris craquait, le vent jouait avec le tuyau de la cheminée comme si c'eût été une flûte gigantesque ne possédant qu'une note qui était une plainte. Au dehors l'averse fouettait contre les châssis, et quand le vent se taisait à de rares intervalles, le cri perçant des grillons ressortait sur le fracas sourd et lointain de la mer.

Berthe était assise dans un fauteuil au coin du foyer; Jeannine se tenait sur un tabouret à ses pieds. Elles étaient toutes deux pâles, mais leurs pâleurs ne se ressemblaient point. Pâleur de fièvre pour Berthe, pâleur tachée de marques rouges; pour Jeannine, pâleur de lente souffrance.

Il était tard. C'était l'heure où Jeannin, le bon écuyer, et son ami Fier-à-Bras cherchaient un abri sous le pont de Coues-

non. Déjà plus d'une fois, dame Josèphe de la Croix-Mauduit
avait élevé la voix pour dire à travers la cloison. :

— Ma nièce, veuillez vous mettre au lit, je vous prie. Oraison
trop longue ne vaut, si ce n'est aux veilles des fêtes cardinales.
L'heure est indue. Chaque chose a son temps. Le Créateur fit
la nuit pour le repos, et le défaut de sommeil creuse les yeux
des jeunes filles.

C'étaient là de profondes vérités. Berthe répondait :

— Je vous obéis, madame ma chère tante.

Mais elle restait dans son grand fauteuil. Quand son regard
se tournait vers les lits, tout sombres derrière leurs draperies
austères, elle avait le frisson :

— Penses-tu qu'il a dit vrai, toi, Jeannine? demanda-t-elle
en caressant avec distraction les cheveux bruns de sa compagne : n'est-ce point plutôt une histoire inventée à plaisir?
Cette ville d'Hélion qui est si près de nous et qu'un voile
épais nous cache au milieu des solitudes de la mer, ces palais
invisibles, ces femmes jeunes et si belles, prêtresses d'un culte
inconnu... crois-tu cela, toi, Jeannine?

— Oui, je le crois, répliqua la fillette, et je demande au ciel,
pour moi et pour ceux que j'aime, de n'en savoir jamais plus
long.

— Qui est ton promis? reprit Berthe en souriant.

Et comme Jeannine tardait à répondre, elle lui baisa le
front en ajoutant :

— Dis-moi cela, je te promets le secret.

Jeannine garda le silence.

Berthe fit une petite moue.

— Au manoir du Roz, dit-elle, n'y a-t-il point quelque
jeune homme d'armes?

— Non, répondit Jeannine.

— Aux alentours, quelque bachelier? ajouta Berthe.

— Non plus que je sache.

— J'oubliais ! fit l'héritière de Maurever en prenant un air
grave : à moins de faire mentir le saint ermite du mont Dol, tu
ne peux aimer qu'un gentilhomme !

Jeannine releva sur elle ses yeux pieins de larmes et dit :

— Me viendrez-vous voir quelquefois, chère demoiselle, quand je serai sœur converse au couvent de Châteauneuf?

— Pourquoi parles-tu ainsi, ma fille? s'écria Berthe, et pourquoi pleures-tu?

— Ma nièce, veuillez vous mettre au lit, je vous prie, répéta la douairière de la Croix-Mauduit; je vous entends causer avec la jeune vassale de notre cousine et respectée voisine madame Reine de Kergariou, dame du Roz, de l'Aumône et de Saint-Jean-des-Grèves. Un entretien honnête ne messied point, mais il faut se tenir en toutes choses dans les limites raisonnables. En nous privant, durant les heures nocturnes, de la lumière du soleil, le Créateur manifesta clairement sa volonté, qui est que nous dormions et reposions sous sa garde, depuis le soir jusqu'au matin.

— Je vous obéis, madame ma chère tante; ayez bon sommeil.

Le beffroi plaintif de la ville de Pontorson sonna les douze coups de minuit

— Madame ma tante a raison, reprit Berthe sans quitter son siège; couchons-nous, ma fille, il est tard.

— S'il vous plaît, répondit Jeannine, dont les larmes s'étaient séchées pendant le sage discours de la vieille dame, je vous servirai de chambrière.

— Attendons encore. Mes pieds sont froids... que ces lits sont grands et tristes, ma fille ! Lequel a le plus noble visage, à ton sens, de messire Aubry ou de messire Olivier?

— Messire Olivier, répondit Jeannine mentant à son cœur.

Elle croyait bien que Berthe allait protester avec colère; mais Berthe ne protesta point.

— C'est mal, peut-être, murmura-t-elle, de parler si longtemps de semblables choses. Ce front brun et pâle du baron d'Harmoy, cet œil noir qui a l'éclat du diamant, cette soyeuse chevelure dont les anneaux se balancent, humides et chargés de parfums... peut-il exister des femmes assez téméraires pour donner leur pensée à la beauté d'un inconnu?

Le regard de Jeannine glissa entre ses longs cils et vint effleurer le visage pensif de Berthe. Berthe se leva.

— Dénoue les cordons de mon corsage, dit-elle; nous causerions là jusqu'à demain ! Il te regardait sans cesse pendant qu'il parlait.

— C'était vous qu'il regardait, chère demoiselle, répliqua Jeannine.

— Détache l'agrafe de ma ceinture. Était-ce moi qu'il regardait? Une nuit, il y a déjà longtemps de cela, j'ai rêvé que nous étions rivales, toi et moi... Comme ta main tremble, ma fille ! tu ne peux pas défaire l'agrafe? vois, il suffisait de la toucher. Sauras-tu nouer mes cheveux pour la nuit?

— J'essayerai, chère demoiselle.

— Je ne te connaissais point cette vocation pour le couvent. Si messire Aubry, mon cousin, eût fait choix d'une autre fiancée, je crois que je serais entrée en religion, moi aussi.

— Messire Aubry ne peut aimer que vous, balbutia Jeannine.

— Parlait-il de moi quelquefois au manoir du Roz?

— On parlait de vous chaque jour.

— Pendant toute cette soirée, dit Berthe comme malgré elle, messire Olivier m'a empêchée de voir Aubry.

Il y eut un silence. Jeannine nouait par derrière les longues tresses blondes de mademoiselle de Maurever. Une voix harmonieuse, qui semblait voiler à dessein l'éclat de ses notes sonores, chanta un couplet sous le balcon. La main de Jeannine lâcha les tresses, qui ruisselèrent en flots d'or sur les épaules de Berthe. Celle-ci restait immobile, la bouche demi-close, l'oreille attentive. La voix disait :

> Connaissez-vous le cri du lion?
> Au vivant rosier d'Hélion,
> Vont éclore deux fleurs nouvelles :
>   Roses jumelles.
> Le rosier appartient au lion,
> Le vivant rosier d'Hélion.

Marguerite est blonde, elle est belle;
Charmante est la brune Isabelle.
Vous connaissez le cri du lion :
A la plus belle !

— On dirait la voix de messire Olivier ! murmura Berthe.
Les accords de la harpe s'éloignèrent et moururent.

— Ma nièce, prononça la douairière avec sévérité, fenêtres
éclairées à cette heure de nuit attirent les rimeurs vagabonds,
joueurs de rote, baladins errants, trouvères, traîneurs de man-
dolines, bardes, scaldes, troubades et autres fainéants donnant
sérénades au clair de la lune, ce qui est imprudence de gravité
première. Veuillez vous mettre au lit, je vous prie. Que dirait-on
en la ville de Dol si l'on savait que Berthe de Maurever, nièce
de dame Josèphe de la Croix-Mauduit, reçoit pareilles aubades?
La nuit qui vient, j'ordonnerai à mon écuyer de veiller en
dehors des portes avec une arquebuse, et mèche allumée, afin
qu'il mette à châtiment les nocturnes rôdeurs.

— Madame ma tante, répliqua Berthe, je suis en train de
vous obéir.

— Donc, la bonne nuit je vous souhaite, ma nièce.

— Madame ma tante, je vous souhaite la bonne nuit.

Elle entraîna Jeannine vers les lits, après avoir pris la
lampe, qu'elle cacha derrière les rideaux.

— J'aime mon fiancé Aubry ! fit-elle avec une véhémence
étrange; en doutes-tu?

Et, sans lui laisser le temps de répondre :

— J'ai la fièvre depuis ce soir, ajouta-t-elle, je me sens mal.

Jeannine la soutint dans ses bras. Berthe était brûlante et
ses yeux brillaient d'un éclat extraordinaire. Avec l'aide de
sa compagne, elle parvint à gravir les degrés de l'estrade. Le
froid des draps la saisit. Jeannine entendit ses dents claquer

— Couche-toi ! dit Berthe en la repoussant; je souffre
davantage quand tu es près de moi. Seigneur mon Dieu ! je
vois son visage pâle, au pied de mon lit ! Est-ce toi ou moi
qu'il regarde? Éloigne-toi ! éloigne-toi ! je veux voir si c'est
toi ou si c'est moi !

Jeannine, effrayée, mais docile, descendit les marches de l'estrade.

— Que fais-tu là? s'écria Berthe en la voyant agenouillée au pied de l'autre lit. Pries-tu pour moi?

— Je prie pour vous, chère demoiselle, répliqua doucement Jeannine.

Berthe se mit sur son séant avec impétuosité.

— Pourquoi pries-tu pour moi? s'écria-t-elle. Est-ce que je fais déjà pitié?

— Chère demoiselle, dit la fillette en relevant la couverture du second lit, ne parlez pas ainsi; vous avez tout ce qu'il faut pour faire envie.

— Envie ! répéta Berthe amèrement.

Elle reprit avec la voix des fiévreux :

— Cette lampe me blesse la vue, mais ne l'éteins pas, ma fille, oh ! ne l'éteins pas ! Qui sait ce que nous verrions dans les ténèbres !... Jeannine, ma compagne d'enfance, Jeannine, je comptais sur toi ! Ce matin, j'ai bien vu que tu n'étais plus mon amie. Il y a une raison pour cela, car tu as bon cœur... Mais, ce matin, l'ermite ne t'avait pas encore appelée noble dame. Étais-tu déjà ambitieuse avant cela? ambitieuse, ma fille ! oh ! va, moi qui suis au-dessus de toi, selon le monde, je te céderais ma place avec joie.

Jeannine se taisait respectueuse et triste.

— Écoute, reprit mademoiselle de Maurever accoudée sur son lit, si j'étais la fille de Jeannin l'écuyer, mon père m'aimerait. Mon père, messire Morin de Maurever fut trompé dans son espoir au jour de ma naissance. Il attendait un fils, héritier du nom; sa femme, ma pauvre mère adorée, ne lui donna qu'une fille. En venant au monde j'ai condamné le nom de mes aïeux, car messire Hue, le frère aîné de mon père, n'eut qu'une fille, qui est madame Reine, et dom Eustache, le cadet, est de religion. Mon père rejeta les langes sur mon berceau; il délaissa ma mère et ne m'a jamais aimée. Madame Reine me recueillit au Roz et m'éleva. Te souviens-tu? nous jouions ensemble tous les trois, Aubry, toi et moi, sur la grande pelouse qui est au-devant du manoir? En ce temps-là, mon désir était de t'avoir pour sœur et d'avoir Aubry pour frère. Quand je quittai le Roz pour venir à Dol, je compris que je n'étais pas sa sœur... Jeannine, Jeannine, il y a un homme qui m'a demandé ma main... et ce n'est pas Aubry !

-- De quel homme parlez-vous, chère demoiselle? demanda Jeannine.

Berthe de Maurever ne répondit pas ; elle avait les yeux fermés. La lumière tombait d'aplomb sur son beau front. Ses lèvres se froncèrent doucement et sa bouche s'entr'ouvrit dans un sourire. Puis elle frissonna de tout son corps et rejeta sa tête en arrière.

— Oh ! fit-elle, viens ici ! Garde-moi ! Il est là, dans la ruelle profonde ! Viens ! viens ! Jeannine, mets-toi entre mon destin et moi... J'ai peur !

Elle tendait ses mains suppliantes, Jeannine monta les degrés de l'estrade et la reçut, défaillante, dans ses bras.

VI

LE RÉVEIL

La lampe éclairait maintenant deux têtes charmantes dont les boucles brunes et blondes se mêlaient. Berthe était plus calme, depuis que Jeannine, agenouillée à son chevet, la gardait. A travers la porte, on entendait dame Josèphe de la Croix-Mauduit, qui ronflait d'importance première pour mettre à profit les heures où l'astre du jour reposait lui-même au sein de l'onde. En ronflant, dame Josèphe avait un noble songe : elle rêvait que dans une allée bien droite et sans fin, un nombre incalculable de jeunes demoiselles s'alignait. Dame Josèphe, son vieux faucon au poing, flanquée de son vieil écuyer et de sa vieille suivante, escortée, en outre, de ses vieux chiens ; dame Josèphe, habillée comme au jour de ses noces, la bouche en cœur et le bouquet de roses à la ceinture, se voyait passer dans les rangs des jeunes filles qui baissaient les yeux timidement. Elle s'entendait elle-même dire à chacune : « Tenez-vous droite ! » Elle se voyait apprendre à cette innombrable armée d'écolières la révérence de dignité première, la révérence de dignité seconde et la révérence de tierce dignité. Vous ne vous figurez pas combien c'était divertissant pour dame Josèphe.

Après ces rêves enchanteurs, la chose triste c'est qu'on s'éveille. Si dame Josèphe avait pu rêver toujours qu'elle apprenait l'art ingénieux des révérences à cent mille petites demoiselles dans une belle avenue sablée, dame Josèphe eût été une douairière trop heureuse. Ces félicités n'appartiennent point à notre monde mortel.

— Je vais te dire, ma fille, murmurait Berthe en essayant de sourire, j'ai ouï conter l'histoire de plusieurs à qui on avait jeté des sorts. J'irai faire une retraite au couvent de Combourg et je serai guérie de ces fièvres... Si tu savais comme on le dit charitable ! Cet hiver il a donné trois mille écus tournois à la communauté pour les pauvres gens en souffrance. Mais que me fait tout cela?... En arrivant ce matin, à l'hôtel du Dayron, je ne pensais qu'à Aubry, mon fiancé... et un peu à toi que l'ermite avait appelée noble dame... Ah ! Jeannine ! voilà que je suis comme autrefois, je te dis : pourquoi n'es-tu pas ma sœur?

— Je ne vous chérirais pas davantage, demoiselle ! répliqua Jeannine dont l'accent avait quelque chose de maternel.

Elle contemplait Berthe avec une tendre sollicitude.

— Il y a des choses, reprit celle-ci, qu'on ne voudrait dire qu'à sa sœur... J'ai ouï conter encore dans mon enfance que celles qui sont bien aimées n'ont rien à craindre des sorts jetés ni des maléfices. La foi de leur chevalier leur est comme une égide contre laquelle se brise l'effort des méchants... Regarde-moi, Jeannine !

Elle mit ses deux mains sur les épaules de la fillette dont son regard perçant et inquiet sembla scruter la conscience.

— Tu n'es pas changée, toi, dit-elle; l'éclair de son regard qui m'a blessée a glissé sur toi. C'est donc que tu as l'égide?

Jeannine baissa les yeux.

— C'est donc que tu es bien aimée? acheva Berthe avec un profond soupir.

— Je t'en prie, je t'en prie ! fit-elle d'un ton suppliant, aie confiance en moi. L'amitié doit être aussi un talisman : sois ma sœur pour me protéger... Je t'en prie, dis-moi le nom du fiancé qui t'aime et que tu aimes. Je connais tous les jeunes gens du Roz. Était-il de mon temps? L'ai-je vu? jouait-il avec nous?

Deux larmes tremblaient aux cils de Jeannine.

— Oh! fit Berthe avidement, que tu es heureuse! Tant mieux, tant mieux! Je suis contente! tu me devineras! tu comprendras que ma souffrance vient de mon incertitude. Le jour où Aubry, franchement, loyalement, réclamera ma main et ma foi, je serai forte... Qu'il me regarde ce jour-là, l'homme aux prunelles ardentes, je me rirai de lui!

Les deux larmes qui brillaient aux cils de Jeannine roulèrent le long de ses joues.

— Qu'as-tu, ma belle petite? demanda Berthe.

— Hélas! ma chère demoiselle, repartit Jeannine, je donnerais le meilleur de mon sang pour que messire Aubry vous défendît, comme il le doit, contre le malheur! Au couvent où je vais entrer...

— C'est vrai, fit Berthe qui l'interrompit. Embrasse-moi, j'avais oublié que, toi aussi, tu es malheureuse.

Elle reprit avec une sorte d'enjouement :

— Plus malheureuse que moi peut-être, car me voilà consolée et guérie rien que pour avoir parlé de celui qui sera mon protecteur ici-bas. C'est bien vrai, si messire Aubry voulait, je ne connaîtrais pas la tristesse; s'il avait voulu, j'aurais ri de cette fantastique devise qui m'a glacé le cœur...

Elle n'acheva pas, et resta bouche béante. Jeannine qui lui tenait la main la sentit se glacer. Dans la position qu'elles occupaient toutes deux, Jeannine tournait le dos aux croisées qui donnaient sur la cour intérieure de l'hôtel. Berthe, au contraire, les voyait par l'ouverture des rideaux. Jeannine aperçut comme une lueur qui passa dans la ruelle du lit.

— Là! là! fit Berthe dont le doigt crispé montrait la fenêtre. Là! regarde là!

Jeannine se retourna vivement. Il n'y avait plus de lueur. La fenêtre était noire derrière les sombres plis de sa draperie.

Berthe laissa tomber sa tête sur l'oreiller.

— J'ai vu! murmura-t-elle; j'ai bien vu! à moins que ma tête ne se perde déjà! j'ai vu sur les carreaux des lettres de feu mobiles et qui allaient se rapetissant pour briller sans cesse

davantage... elles ont brillé le temps de lire les mots de la
devise : *A la plus belle !*

—· Oh ! reprit-elle en pleurant, cette fois, personne ne l'a
vue sinon moi; cette fois c'était pour moi, non point parce
que je suis la plus belle, Jeannine, il n'y a point au monde de
jeune fille plus belle que toi, mais parce que je suis la victime
désignée. Je n'ai pas de bouclier : On ne m'aime pas, voilà
mon malheur et ma condamnation !

Ses blanches mains voilèrent son visage inondé de larmes.
Jeannine essayait de la consoler; elle perdait ses caresses.
Jeannine ne savait pas au juste si c'était illusion ou réalité.
Elle avait aperçu un reflet de cette lueur dont parlait sa
compagne. Mais Jeannine se disait, calme dans sa tristesse
résignée :

« Les sorts jetés ne peuvent rien contre moi ! »

Je ne sais quel bonheur mélancolique et profond était au
sein même de son sacrifice. Elle n'espérait point, mais on
l'aimait.

Elle avait parlé vrai : elle eût donné sa vie pour que messire
Aubry pût guérir la blessure de ce pauvre cœur qui battait
là contre le sein. Mais on l'aimait.

On l'aimait. Elle allait vers Dieu d'un cœur léger, lui portant
comme une belle offrande la pureté de ses larmes, les combats
de son cœur, la résignation de son âme...

— Voilà pourquoi je suis condamnée, reprit Berthe après
un long silence et d'une voix plus faible : je sentais bien cela ce
soir pendant que messire Olivier parlait. Mon premier émoi
ne fut qu'un étonnement frivole. Je cherchais toujours les
yeux d'Aubry pour y trouver le secours qu'il me doit. Les
yeux d'Aubry fuyaient les miens. Son regard glissait sur toi,
ma pauvre Jeannine, pour aller je ne sais où... Ne rougis pas.
Derrière toi, il y avait sans doute quelque dame de la cour
pour me voler la pensée de mon fiancé. Alors, un désir m'a
saisie : forcer les regards d'Aubry à se fixer sur moi ! Je suis
timide; j'ai vaincu ma timidité. Ma voix s'est élevée quand les
hommes eux-mêmes se taisaient et j'ai protesté, pour l'hon-

neur de la Bretagne, contre les paroles insolentes de messire
Olivier. Madame Reine s'est élancée vers moi, mais Aubry
ne m'a point regardée. Messire Olivier seul a changé de visage
au son de ma voix. Celui-là n'est rien pour moi, je ne l'aime
pas... je le déteste, j'en fais serment devant Dieu !... Mais en
l'écoutant, il me semblait entendre un chant harmonieux et
perfide; tu sais bien, Jeannine, qu'on peut mêler le poison aux
plus délicieux breuvages. J'aurais voulu ne pas entendre et
j'écoutais, je voyais à travers mes paupières closes; je me
cherchais moi-même et je trouvais en moi une autre créature,
me comprends-tu? Mon cœur implorait le cœur d'Aubry : je
demandais un regard, ne fût-ce qu'un regard de compassion.
Hélas ! je ne suis pas aimée ! Personne ne me défendra contre
mon malheur !

Berthe laissa aller sa tête sur l'oreiller. A force de pleurer, les
enfants s'endorment. Elle s'endormit.

Jeannine éteignit la lampe. Les heures de la nuit passèrent.
Les premières lueurs de l'aube éclairèrent le sommeil des deux
jeunes filles, car Jeannine agenouillée avait aussi sa tête
sur l'oreiller. L'œil indiscret qui aurait pu se glisser en ce
réduit, avec les rayons du jour naissant, aurait certainement
hésité à décerner la palme de beauté. Un ruban de moire, qui
ne tranchait point la question, pendait au ciel du lit, soutenant
un écusson de brocart où se lisait la devise de l'Homme de
Fer : A la plus belle. L'écusson se balançait entre la tête brune
et la tête blonde; sa frange écarlate frôlait tour à tour les cheveux de Jeannine et les cheveux de Berthe.

Il y avait à l'hôtel du Dayron une petite servante qui était
un peu cousine du page Marcou de Saint-Laurent. Nous
notons ce fait au hasard dans l'impossibilité où nous sommes
d'expliquer autrement cette dernière diablerie. La petite
chambrière du Dayron couchait dans un cabinet voisin, en
compagnie de la grosse Javotte il est vrai; mais, il eût fallu
les canons de Saint-Michel, qui lançaient des boulets de pierre,
pour éveiller la grosse Javotte avant son heure. La petite
chambrière avait eu ses coudées franches. Peut-être était-elle

là quelque part guettant d'un regard espiègle le réveil des deux jeunes filles.

Ce fut Berthe de Maurever qui ouvrit les yeux la première. La frange de l'écusson lui chatouillait le front. Un rayon de soleil faisait luire les lettres d'or de la devise. Berthe saisit l'écusson et l'arracha. Ses sourcils délicats se froncèrent, tandis qu'elle regardait Jeannine qui dormait, la tête appuyée sur son bras arrondi et le sourire aux lèvres.

— Toujours entre elle et moi ! se dit Berthe jalouse avant d'être effrayée.

Puis l'effroi vint.

— Quelqu'un est entré ici ! pensa-t-elle.

On entendit dans la pièce voisine dame Josèphe de la Croix-Mauduit qui avait sa quinte de toux du matin. A ce signal bien connu, tout s'agita dans la chambre à coucher de la douairière. Le faucon de grand âge secoua son chaperon et changea de patte sur le perchoir; les vieux chiens s'étirèrent et jappèrent comme c'était leur devoir; la vieille cameriste se mit sur son séant et dit :

— Noble dame, que Dieu et la Vierge veillent sur vous durant cette journée. Ainsi soit-il.

— Noble dame, prononça presque en même temps le vieil écuyer qui entr'ouvrit la porte; que Dieu et la Vierge vous aient, durant cette journée, en leur digne garde. Amen.

— Merci, Bette, ma mie, répondit dame Josèphe de la Croix-Mauduit, comme elle le faisait régulièrement depuis un demi-siècle, donnez une caresse aux chiens, ce sont des animaux fidèles : l'histoire ancienne rapporte nombre de traits qui prouvent le dévouement intelligent dont ces animaux sont susceptibles... Merci, maître Biberel, vous apporterez la provende du faucon, c'est un noble oiseau; les Grecs ni les Romains ne connaissaient point sa valeur. La gloire du faucon est née avec la chevalerie. Je souhaite, Bette, ma mie, et vous, maître Biberel, que vous passiez heureusement cette journée dans la crainte de Dieu et l'horreur du péché. Soyez prudents et discrets; on peut manquer de prudence et de discrétion à tout âge :

fuyez la médisance, ne sortez jamais des bornes imposées par
la sobriété. Que vos vêtements soient propres pour honorer
la maison que vous servez. Si, comme on le dit, nous sommes
admis à voir notre seigneur le duc François de Bretagne, souvenez-vous, Bette, qu'il vous faut descendre vivement de cheval et faire la révérence de dignité première si régulièrement et
de façon si honnête, qu'on dise alentour : Voici une suivante
qui connaît son cérémonial !... Eh mais ! sera-t-il répondu par
les gens de bonne foi, je crois bien ! C'est la suivante de la
noble dame Josèphe, douairière de la Croix-Mauduit ! En la
même occurrence, maître Biberel, souvenez-vous qu'il vous
faut fléchir les deux genoux et rendre hommage ou honneur
de dignité première en telle façon décente et appropriée qu'il
soit dit partout alentour : Jarni ! voici un homme d'armes
bien appris de tout point ! Eh mais ! je crois bien ! répliqueront
aussitôt tous les gens qui s'y connaissent, pourvu qu'ils ne
soient point prévenus par l'envie ou par la malice, comment
pourrait-il en être différemment : Cet homme d'armes, tel
que vous le voyez, est l'écuyer de la noble dame de la Croix-
Mauduit, sœur de feu M. Hue de Maurever, qui suivait Gilles
de Bretagne, et de messire Morin de Maurever, seigneur de
Montfort et du Bosc, compagnon du riche duc, notre seigneur !

Ayant ainsi parlé d'une voix lente et distincte en branlant
de la tête avec mesure, dame Josèphe de la Croix-Mauduit
eut sa seconde quinte de toux. Le faucon s'était rendormi; les
chiens ronflaient de nouveau. Bette entr'ouvrit la croisée
pour chasser l'odeur exhalée par la vieillesse de ces divers
animaux. Après quoi on commença la toilette de la douairière.

Quand elle eut les pieds dans ses grandes mules, elle éleva
la voix de nouveau.

— Ma nièce, dit-elle en se tournant vers la porte de Berthe,
veuillez vous éveiller, je vous en prie. Chaque chose a son
temps. L'astre du jour, en éclairant la terre, chasse devant
soi le sommeil. A se lever matin on gagne contentement et
fraîches couleurs. La paresse, qui est péché capital, éteint le
feu des regards et bouffit les joues blémies. De mon temps,

ma nièce, ce n'étaient pas les vieilles gens qui éveillaient les jeunes filles.

— Je vous obéis, madame ma chère tante, répondit à travers la porte la douce voix de Berthe.

Jeannine ouvrait les yeux a ce moment. Berthe cacha précipitamment l'écusson sous l'oreiller. Jeannine jeta tout autour d'elle son regard plein d'étonnement et de regret.

— Que cherches-tu, ma fille? demanda Berthe dont le sourire avait une pointe de moquerie.

— Ce que je cherche? répéta Jeannine, je rêvais.

— Il était là, n'est-ce pas? interrompit Berthe.

Jeannine rougit et baissa les yeux.

— J'en étais sûre ! s'écria mademoiselle de Maurever qui ne souriait plus : Il n'y a donc que moi pour être seule et dédaignée ! Il n'y a donc que moi pour souffrir !

Jeannine releva sur elle ses yeux humides.

— Chère demoiselle, dit-elle doucement, si la souffrance d'autrui peut vous consoler, soyez consolée : je souffre !

Berthe regrettait déjà les paroles prononcées.

— Embrasse-moi, ma fillette, dit-elle en essayant de prendre un air enjoué; ces nuits agitées me rendent folle. Tu ne t'es pas éveillée depuis qu'il fait jour?

— Non, répondit Jeannine.

— Tu n'as rien vu? insita Berthe en regardant malgré elle le ruban de moire où ne pendait plus l'écusson.

— Rien. Avez-vous donc vu quelque chose, chère demoiselle?

— Moi? du tout. Mais, écoute !

Elle sauta hors du lit. Un bruit de chevaux se faisait dans la cour intérieure. Berthe jeta sur ses épaules de mante fourrée du matin et courut à la fenêtre.

— Viens, viens vite ! s'écria-t-elle, les voilà qui montent à cheval !

Jeannine ne se pressait point. Peut-être n'avait-elle pas envie de voir. Berthe l'appela une seconde fois avec impatience et d'un ton impérieux. Jeannine traversa la chambre à son tour. Au moment où elle arrivait auprès de la fenêtre, deux

cavaliers se mettaient en selle sur de fringantes montures
que les palefreniers tenaient encore par la bride. C'étaient
ceux-là qui avaient occupé si longtemps la causerie des deux
jeunes filles : Messire Aubry et Olivier, baron d'Harmoy.

— Pendant que tu tardais, dit Berthe, ils ont regardé tous
deux de ce côté. Messire Olivier seul a salué de la main.

Elle tenait soulevé le coin du rideau. Les palefreniers lâ-
chaient la bride. Au moment de partir, les deux cavaliers se
tournèrent une seconde fois vers la fenêtre où la tête brune de
Jeannine se montrait maintenant derrière la blonde tête de
Berthe. Aubry, comme Olivier, envoya cette fois vers la croisée
un salut avec un sourire.

En se retournant, Berthe vit Jeannine qui se retenait, pour
ne point choir, au montant de la croisée. Jeannine tremblait.
Le regard que Berthe darda sur elle descendit jusqu'au fond
de son âme. Berthe frémit à son tour. Il n'y eut pas une parole
échangée.

Elles retournèrent toutes deux vers l'alcôve.

— Ma fille, dit Berthe après un long silence, tu avais raison
de ne point m'avouer ton secret. C'est donc lui !

—. Chère demoiselle, répliqua Jeannine dont les yeux étaient
maintenant sans larmes, je peux vous montrer mon cœur, car
je le donne à Dieu chaque jour. Puissiez-vous être heureuse !
Moi, je sais mon devoir .

— T'a-t-il jamais offert sa foi? demanda Berthe.

—- J'ai quitté le manoir pour venir habiter avec ma grand'-
mère, répliqua Jeannine.

Berthe se laissa tomber sur le pied de son lit.

— Et depuis lors? demanda-t-elle encore.

— Je vais quitter ma grand'mère pour entrer au couvent,
dit Jeannine.

Berthe se couvrit le visage de ses mains, et Jeannine s'agenouilla devant elle.

VII

Le soleil levant essayait en vain d'égayer Pontorson, la ville
aux maisons grises et revêches ; le soleil souriait tout seul,
Pontorson restait d'humeur sérieuse avec ses pignons pointus,
ses toits escarpés et les fantasques découpures de ses girouettes.
Toutes les fenêtres étaient encore fermées, ainsi que les portes
de l'enceinte. Le soleil se dédommageait en dorant joyeuse-
ment les coteaux environnants et les belles moissons normandes sur la rive droite du Couesnon que la mer haute mettait
au plein de ses bords. La plaine présentait un singulier spectacle :
les tentes et baraques étaient encore en place, mais âme qui vive
ne se montrait alentour. La fête dormait. Les cuisines foraines,
éteintes, laissaient leurs fourneaux et leurs marmites à la
garde de la foi publique ; les étalages des marchands merciers,
quincailliers et bimbelotiers avaient pour garnison quelque gros
chien à la chaîne ou quelque enfant accroupi, la tête entre ses
mains. Le tableau de l'enlèvement des Sabines, le tableau
de Rollon Tête d'Ane, et d'autres tableaux moins célèbres déroulaient au vent leurs haillons, chargés de couleurs violentes.
Hélas ! parmi tous ces tableaux, le plus beau et le plus
neuf manquait : celui où l'infortuné Rémy avait fait peindre
l'Ogre des îles dévorant un petit enfant. Un emplacement
noir où la brise faisait tourbillonner la cendre, voilà tout

ce qui restait de la plus brillante et de la plus courue de
toutes les baraques. Ainsi passe le succès. Peut-être aurait-on
eu de la peine à retrouver le lieu où s'élevait hier le théâtre à
la mode, sans un pieu, fiché en terre et portant un écriteau
avec ces mots insolents : *Justice du comte Otto Béringhem.*

Ceci était le comble ! Le duc François savait-il qu'en son
pays de Bretagne, à quelques pas de la bannière d'hermine,
déployée et montrant sa fière devise, le païen allemand affi-
chait hautement ses méfaits? Barques et vaisseaux ne manquaient point, Dieu merci, dans le bon port de Saint-Malo. Si
le riche duc ne savait pas, il allait savoir. Malheur au mécréant !

Mais que parlons-nous de vaisseaux ! Il n'était pas besoin
de vaisseaux. Après avoir allumé des torches incendiaires, le
comte Otto ne s'était pas enfui vers sa retraite inaccessible.
Sa tente, coquette et resplendissante, n'avait pas changé de
place. Elle restait là sur la rive même du Couesnon, faisant
honte à la tente du riche duc et à la tente du roi de France. Le
Couesnon se pouvait traverser à marée basse, pour peu qu'on
n'eût point frayeur de se mouiller les chevilles. S'ils craignaient
l'eau, les barons de François de Bretagne n'avaient qu'à monter à cheval.

Sans doute, cette journée qui commençait allait voir une
bataille.

Elle commençait bien. En terre ferme, le brouillard fuyait
déjà devant la brise qui portait vers les grèves. Du côté de la
mer, la brume s'épaississait au contraire, pronostiquant un
jour chaud et sec. Le ciel était bleu; quelques nuages légers
formaient de longues raies couleur de rose à l'orient, tandis
que le couchant, pareillement marqué, montrait à l'horizon
des bandes d'un gris neutre qui se confondaient avec les vapeurs
terrestres.

La porte de l'hôtel du Dayron s'ouvrit et se referma sur
Aubry de Kergariou et sur messire Olivier. Ils étaient seuls;
ils prirent le galop tout de suite et s'enfoncèrent dans la cam-
pagne. Leur course semblait se diriger au hasard. Ils gravirent
tout d'un temps la colline qui est à une demi-heure de la ville,

sur la route de Saint-Georges de Gréhaigne. Arrivé là, messire Olivier arrêta son cheval.

La colline est haute; la vue s'y étend de toutes parts, depuis le mont Dol, qu'on aperçoit au loin dans les terres du côté de l'ouest, jusqu'aux grèves qui sont au nord et qui festonnent la rive normande en descendant vers l'Orient. En ce pays le mont Saint-Michel se voit de partout. Nous avons décrit ailleurs ce bizarre et féérique aspect auquel les riverains normands et bretons ne prêtent qu'une attention médiocre, mais qui arrête tout court le voyageur émerveillé; le mont Saint-Michel jaillissait de la brume comme une immense et sombre nef qui voguerait sur une mer d'argent.

Au moment où Aubry et messire Olivier atteignaient le sommet de la colline, le brouillard étendait sur les grèves et sur la mer son grand voile qui absorbait les rayons obliques du soleil; le mont, dont la tête passait au-dessus du niveau, recevait d'aplomb la lumière sur ses faces exposées au levant, tandis que les parties qui regardaient l'occident restaient dans le noir : opposition double, en ombre et en lumière, au fond neutre de l'océan de vapeurs.

Malgré la distance et par l'effet d'optique si commun sur les grèves, les bâtiments du monastère, éclairés ainsi à revers pour Aubry et Olivier, se dessinaient avec une netteté miraculeuse. On eût dit une de ces fines découpures que la dévotion si belle de ce siècle collait dans les livres d'heures.

La *Merveille*, ce hardi chef-d'œuvre, s'élançait au-dessus des cloîtres, soutenant le campanile svelte, au faîte duquel la statue d'or de l'archange semblait une étoile brillante égarée en plein jour dans le ciel.

Nos deux gentilshommes restèrent plusieurs minutes en contemplation devant ce tableau imprévu.

— C'est beau, dit Aubry.

— Comme peuvent être beaux, répliqua messire Olivier les essais naïfs de notre art si vieux, mais toujours en enfance. J'ai vu les ruines d'Athènes et les ruines de Memphis; j'ai vu les hautes pyramides qui dominent le désert égyptien comme

ce rocher domine la solitude de vos grèves. Une fois, je me
suis arrêté dans une plaine d'Assyrie, le cœur ému et le front
mouillé : devant moi était le cadavre de Ninive... C'est beau,
dites-vous? Le soleil éclaire aussi et avec plus d'orgueil les
terrasses blanches de Palmyre. A l'autre extrémité de votre
Bretagne, Penmarch a des rochers plus noirs et plus terribles.
C'est beau, parce que tout est beau qui est vaste, la mer et
la brume sans bornes, les sables mortels, le désert, le ciel; la
grandeur fait la beauté... Les portiques d'Hélion qui baignent
dans le flot le socle précieux de leurs colonnes sont plus beaux
que cela. N'admirez pas avant d'avoir comparé, mon jeune
maître. Le monde est long et large. Savez-vous? Le mirage
renverse les objets : un jour de mirage, j'ai vu votre archange
d'or terrassé à son tour sous le dragon vainqueur. Le dragon
est d'or comme l'archange, et, comme l'archange, il a des
ailes...

Aubry écoutait laborieusement. Il cherchait le sens de
cet obscur langage.

Quand même les paroles de messire Olivier n'eussent point
eu de sens. Aubry aurait encore écouté avec respect. Il était
subjugué. Cet homme faisait vibrer en lui avec violence la
fibre de révolte qui est au cœur de tous les enfants.

Messire Olivier se remit en marche au pas pour descendre
la colline.

— Croyez-vous aux présages? reprit-il en se retournant
brusquement vers Aubry.

Et avant que celui-ci eut répondu, il étendit la main dans
la direction du mont Saint-Michel.

Soit que le brouillard gagnât, soit que ce fût l'effet naturel
de la pente qu'ils suivaient, le mont Saint-Michel, avec son
audacieuse échelle d'édifices, disparaissait lentement dans
la brume.

Les éperons d'or de messire Olivier touchèrent les flancs
de son cheval. Au bout de quelques minutes nos deux compagnons entrèrent dans cette mer de vapeurs qui couvraient
encore toute la vallée. Aubry ne connaissait pas parfaitement

le pays; il suivait son guide et restait sans défiance. Du pas dont ils allaient, ils devaient se rapprocher bientôt du village de Roz-sur-Couesnon, qui est le dernier clocher avant les grèves.

Messire Olivier montait un magnifique cheval noir sans taches. Au début de la promenade, Aubry, suivant à la rigueur les leçons du bon écuyer Jeannin, se tenait droit en selle et semblait continuer son cours d'équitation. Il avait espéré un compliment de messire Olivier. Celui-ci, cavalier accompli, mais capricieux en sa méthode, se laissait aller nonchalamment aux mouvements du cheval. Aubry, voyant qu'on ne voulait point remarquer son irréprochable tenue, étudia la pose de son compagnon. Incontinent il admira cette mollesse fière et gracieuse que le bon Jeannin n'avait pu lui enseigner; il se tint en arrière; il tâcha de copier ; comme il était jeune et bien exercé, il réussit à peu près. Dès qu'il se crut en mesure, il poussa son cheval et prit les devants, afin de s'abandonner sur la selle à son tour et de se balancer paresseusement. Messire Olivier eut un sourire qu'Aubry ne vit point.

— Vous avez une façon particulière de gouverner votre monture, dit-il; j'ai vu bien des cavaliers depuis que me voici de retour en Europe, je n'en ai point rencontré de plus parfaits que vous.

Aubry se rengorgea.

— Vous trouvez, mon cher sire? dit-il négligemment.

— Les dames sont de mon opinion, à ce qu'il paraît, poursuivit Olivier; j'ai surpris hier plus d'un regard...

— Fi ! interrompit Aubry déjà rouge de plaisir, vous voulez me railler, mon cher sire !

— Et pourquoi cela? Vous êtes jeune, noble, vaillant, Vous avez la beauté du corps et du visage, qui vaut mieux à elle seule que vaillance et noblesse réunies... Mon compagnon, vous avez dû faire naître bien des rêveries !

— Point, mon cher sire, répliqua Aubry dont l'orgueil triomphant daignait faire de la modestie; je vis près de ma

mère bien honorée, au manoir du Roz. Si j'avais, comme vous,
parcouru le monde...

— Vous êtes discret, mais moi, je suis clairvoyant; ce que
vous ne voulez point dire, je l'ai deviné.

— Qu'avez-vous deviné, mon compagnon?

— Qu'auriez-vous besoin d'aller au loin? Vous êtes ici
au pays breton, dans un parterre de beautés...

— Eh bien, c'est vrai, j'ai choisi.

— Pourquoi choisir? demanda messire Olivier froidement.

— L'une des deux au moins m'a choisi d'elle-même,
murmura Aubry en qui s'exhalait la vanité implacable des
dix-huit ans, mais un chevalier ne peut avoir qu'un amour.

— D'où vient cette loi?

— De Dieu.

— Et d'où vient Dieu?

Aubry garda un silence épouvanté. Au dedans de son
cœur, une voix lui conseillait de fuir.

— Dieu, répondit-il pourtant, vient de Dieu; il est celui
qui est.

— Voire! fit le baron d'Harmoy qui se mit à rire.

Et comme Aubry ouvrait la bouche pour protester, il lui
tendit la main bonnement.

— Pourquoi je vous affectionne, mon jeune sire, dit-il
tout à coup, je n'en sais rien. Je m'étais fait serment à moi-
même de ne jamais plus prendre la peine de combattre l'erreur,
ce bâillon, ce bandeau qui étouffe et aveugle l'homme timide.
Mais vous voici devant moi si jeune, si beau, si fier, et si
trompé que ma résolution faiblit encore une fois. Il faut que
vous m'écoutiez : l'heure me presse, mes paroles seront
comptées.

Tout en parlant il semblait s'orienter au bruit lointain
de la mer. Les chevaux marchaient sur ce terrain marneux,
coupé de flaques d'eau salée, qui sépare la terre ferme des
sables de la grande grève.

Aubry le regarda. Pour la seconde fois, il eut la pensée de
fuir : c'était son bon ange qui lui soufflait cette pensée.

Mais la voix de messire Olivier pénétrait au vif de lui comme eût fait le tranchant d'un glaive. Les yeux ardents de messire Olivier le brûlaient.

Le bon ange se tut. Aubry, subjugué, dit :

— J'écoute !

. . . .

Messire Olivier parla longtemps. Quand il s'arrêta, Aubry eut pour la troisième et dernière fois l'idée de fuir, mais messire Olivier, le sarcasme à la bouche, dit :

— Ces choses effraient les enfants...

Les enfants ! Ce fut comme le coup d'éperon aux flancs du poulain ombrageux.

— J'ai soif, dit Aubry.

Messire Olivier lui tendit sa gourde et Aubry l'approcha de ses lèvres. Dès qu'il eut bu, son visage changea.

— Par le ciel ! s'écria-t-il, ces choses qui effraient les enfants doivent être belles ; je veux les voir !

Messire Olivier se dressa sur ses étriers. Aubry pensa en ce moment qu'il avait deux fois la taille d'un homme. Messire Olivier, debout sur son cheval immobile, étendit la main vers la mer dans l'attitude du commandement.

— Airam ! prononça-t-il d'une voix impérieuse : où est Hélion ?

Un bruit sourd et profond se fit. Le brouillard déchira ses voiles avec lenteur. La mer se montra unie comme une glace. Et dans ce miroir immense une plage enchantée se refléta, déroulant ses pelouses fleuries, ses bosquets ombreux, ses villas de marbre cachées à demi derrière le feuillage.

Aubry poussa un cri d'admiration et mit sa main au-devant de ses yeux éblouis.

Messire Olivier dit :

— Ceci appartient à l'homme qui a le cœur assez large pour contenir toutes les passions de la terre et l'esprit assez haut pour nier Dieu !

— Et qui est cet homme-là ? demanda Aubry.

Messire Olivier répondit :

— Si tu veux, ce sera toi !

VIII

CONSEIL DUCAL

Le duc François était à boire. Il aimait cela, le père de la reine Anne. Quand il avait bu assez, mais pas trop, c'était un prince sage et de bon conseil.

La veille, nous n'avons vu que sa tente ducale sur la rive gauche du Couesnon, mais la nuit avait été bien employée. Au matin, nous trouvons tout un petit camp autour de la tente principale : le voisinage de Louis de France avait donné à réfléchir à François de Bretagne.

Du reste, quelque chose d'analogue s'était passé sur la rive normande. Le roi de France aussi avait pris frayeur du voisinage de son puissant vassal, car une douzaine de tentes entouraient maintenant la sienne. En somme, c'était la moindre suite que pût avoir Louis de Valois, et personne assurément ne pouvait s'étonner de ce surcroît.

Le duc François tenait table et conseil avec le sire de Goulaine, son sénéchal Aymeri de Rieux, seigneur d'Ouessant, Jean de Plœuc, capitaine de la garde nantaise, M. Tanneguy du Chastel, le sire de Coëtquen, Guéhéneuc de Bruc, René de Châteaubriant, René de Coëtlogon, et Jean, comte de Dunois.

Le duc François était jeune. Autour de lui, Tanneguy du Chastel et Dunois avaient seuls la barbe grise.

Les autres, Goulaine, Coëtlogon, Rieux, de Bruc et de Plœuc, Coëtquen et Châteaubriant, étaient de brillants soldats, orgueil de cette cour galante et riche qui n'avait alors de rivale que la cour de Charles de Bourgogne : Jean de Plœuc surtout, beau, fier, vaillant comme tous ceux de sa race, eût cherché vainement sous les tentes françaises un chevalier qui pût lui disputer le regard des dames.

Louis XI savait à l'occasion déployer un faste royal, et les historiens sages lui reprochent amèrement le luxe de ses représentations diplomatiques; mais partout où il était de sa personne le luxe et la lumière manquaient. C'était un prince de demi-jour comme les coquettes qui prennent de l'âge, et, malgré ses dépenses excessives, c'était quand l'orgueil ou l'intérêt ne le talonnait point, un roi de bouts de chandelles. Ces rois n'ont pas de cour.

— Ce Jeannin n'était-il pas écuyer de Kergariou ! demanda François à Coëtquen, qui venait de parler.

— S'il vous plaît, monseigneur, répondit Coëtquen, ce Jeannin est encore écuyer de madame Reine, veuve de notre noble compagnon et frère d'armes Aubry, mort en défendant la bannière d'hermine.

— Je me souviens de cet Aubry, belle lance !... mais je me souviens aussi de Jeannin, que je vis plus d'une fois en mon château de Nantes. Il faut avoir foi en ses paroles, d'autant plus qu'elles incriminent la loyauté de notre sire le roi de France, loyauté qu'on ne peut dire suspecte à moins d'outrer la courtoisie. Jeannin a-t-il quelque renseignement nouveau sur le maléfice que doit nous jeter l'Ogre des Iles?

— Le maléfice, répliqua Coëtquen, pourrait bien consister en quelques gouttes de poison versées adroitement dans votre verre.

Le duc but une large rasade.

— Ou bien, poursuivit Coëtquen, en un coup de dague porté au défaut de votre cuirasse.

— Vous êtes autour de moi, messires mes fidèles amis, dit le duc, je ne crains que la volonté de Dieu.

— Monseigneur, reprit Coëtquen, ce Jeannin est dans ma tente. Il attend des nouvelles; quand ces nouvelles seront venues pourra-t-il être introduit auprès de Votre Altesse?

— Tout le monde ici l'a vu à la bataille, répondit le duc; on l'introduira. Continuons, je vous prie, à raisonner sur les événements. J'ai refusé l'ordre de Saint-Michel parce que les statuts de cet ordre limitent mon droit de souverain et enchaînent mon libre vouloir. Le roi se vengera de mon refus. Voyons les choses au pis, comme il le faut faire avant d'avoir sur les yeux le bandeau de l'agonie. Supposons que la Bretagne chancelante ait à tomber... messires, je me sens ferme sur mes jambes et ne parle que par hypothèse... De quel côté, pour le bien de nos peuples, faudrait-il diriger notre chute?

Chateaubriant, Plœuc, Goulaine, tous les jeunes gens gardèrent le silence avec un orgueilleux sourire. Ils n'admettaient pas l'hypothèse. Pourquoi prévoir la chute? Le duc Pierre ou le duc Jean ne se seraient point demandé d'avance s'il faudrait tomber à droite ou à gauche. Il n'y a qu'une manière de tomber pour un souverain : face à l'ennemi, droit et mort !

Les jeunes gens avaient raison et tort : raison en principe, tort par le fait. Étant donné le duc François, il fallait songer à la chute possible.

A gauche l'Anglais, à droite la France : deux grands pays entre lesquels la petite Bretagne, pressée, ne se défendait guère que par la loi de l'équilibre.

Le vieux Tanneguy du Chastel attachait sur François un regard triste et calme.

— Il fut un temps où la Bretagne et la France ne formaient qu'une seule et même contrée, dit-il. Je ne sais si cela était bon; je sais que ce qui a été peut être encore. Ce qui ne se peut, c'est la Bretagne anglaise : on ne jette pas un pont sur l'Océan. Le vassal gardé contre son maître par l'Océan est un

vassal heureux, objecta Dunois, qui tenait rancune à la
France. Vos frères sont au pays de Galles. Le roi Édouard a
des millions de sujets qui ont votre langue, vos jeux, votre
origine. Ne vous donnez jamais au roi Louis, justement parce
que le Couesnon est guéable.

— Ne vous donnez à personne, monseigneur! s'écria Jean
de Plœuc; M. Tanneguy, notre glorieux modèle, et Dunois, le
miroir de la chevalerie, ont été jeunes. M. Tanneguy a vu
souvent si nos lances de Bretagne sont moins longues que les
lances normandes ou poitevines. Dunois a-t-il oublié Paris,
Orléans et le bûcher de la pucelle? Dunois ne se souvient-il
plus des grands coups d'épée qui le feront vivre dans l'histoire? Ni M. Tanneguy ni Dunois n'eussent parlé de la sorte
avant d'avoir la tête blanche.

Le duc François but un grand verre pour ponctuer d'autant le discours de Jean de Plœuc, qui était son favori.

— Il y a du bon, pourtant, murmura-t-il, dans ce qu'a
dit le sire du Chastel et dans ce qu'a dit notre cousin
Dunois.

Ceux-ci avaient rendu la main tous les deux à Jean de
Plœuc.

— Tu as bien parlé, mon neveu, fit le vieux Tanneguy; s'il
reste beaucoup de Bretons comme toi, que Monseigneur le
duc suive ton conseil.

— Et, de par Notre-Dame! ajouta Dunois, nous l'y aiderons
de notre mieux!

— Sans se donner, opina Coëtquen, on peut contracter
alliance, le cas échéant, avec l'Anglais contre le Français,
avec le Français contre l'Anglais.

Coëtquen était seigneur de Combourg; Combourg est tout
près des frontières de Normandie.

Dunois secoua la tête

— Il y avait une fois, dit-il, deux voisins qui volontiers
bataillaient. Leurs portes se touchaient, en la ville d'Étampes.
Entre leurs portes était un vert bâton de houx pour chasser
les vagabonds pillards et les chiens errants, suspects de mâle

rage. Quand les deux voisins en venaient aux mains, le bâton
servait tantôt à Jacques, tantôt à Pierre : Pierre et Jacques
portaient tous deux de ses marques sur le corps. Un beau
jour ils burent ensemble au coin du feu. Savez-vous ce qu'on
prit pour allumer la flambée? Ce fut le bâton de houx.

— Et vous pensez, mon cousin, demanda le duc François,
sans oublier de boire un coup, que l'Anglais et le Français
réconciliés par la fortune, nous garderaient le sort du bâton
de houx?

— Je le pense, répliqua Dunois.

— Eh bien! reprit Jean de Plœuc, si nous sommes trop
petits, grandissons! Nous sommes les Celtes, refaisons la
Gaule celtique et repoussons les Francs jusqu'à leur Ile-de-
France, où leur roi s'appellera encore une fois le roi de Paris!
Prenons la Normandie jusqu'au cours de la Seine, le Maine,
l'Anjou; passons la Loire, bretonne par son embouchure;
envahissons le Poitou et l'Angoumois jusqu'aux rives de la
Charente! l'Anglais sera notre voisin en Guyenne. Vers l'est,
traçons nos frontières au travers des pays de Chartres, d'Orléans et de Bourges. Le roi Grallon eût conquis ce pays sans
le crime de sa fille : que notre duc ferme sa couronne élar-
gie et qu'il soit roi entre deux rois!

François ne put moins faire que de boire. M. Tanneguy et
Dunois souriaient. Châteaubriant, Coëtlogon, Rieux, Bruc
et Goulaine avaient leurs épées qui les démangeaient.

La draperie qui fermait la tente se souleva, et Laënnec,
le sergent d'armes, annonça que maître Jeannin, écuyer de
Kergariou, avait reçu le message qu'il attendait.

— Qu'il entre! cria le duc.

— C'est que, dit Laënnec, il n'est pas seul; le nain Fier-
à-Bras, fou du sire de Coëtquen, ici présent l'accompagne.

— Ah! ah! fit Coëtquen, voici deux jours entiers que je
n'ai vu mons l'Araignoire! Il ne sera pas fouetté, puisqu'il
agissait, à ce que je vois, pour le service de monseigneur le
duc.

— Que le fou entre avec l'écuyer, ordonna le duc, qui ne

perdit point cette bonne occasion de boire une moyenne
rasade.

Jeannin fut introduit. Il tenait par la main Fier-à-Bras
l'Araignoire, et le nain lui disait :

— Ne sois pas interdit, mon oncle ! tu vaux ces gens-là, je te
l'affirme, et d'ailleurs tu es avec un gentilhomme !

IX

CONSEIL ROYAL

Le roi ne buvait pas. Le roi s'était levé de meilleure heure encore que le duc, et pareillement il tenait conseil. Mais le roi n'avait point autour de lui cette foule de seigneurs qui regardaient boire le duc. On ne voyait dans sa retraite ni Bourbon, ni Bouillon, ni Montmorency, ni La Marche, ni Saint-Paul : le roi n'aimait pas beaucoup plus à discuter qu'à boire.

Il n'y avait dans sa tente, meublée avec une extrême simplicité, qu'un seul homme. Au moment où nous violons le secret du tête-à-tête, cet homme essuyait ses rasoirs et les enfermait dans une petite boîte de chagrin brun, à coulisse. C'était maître Olivier le Dain, qui venait de faire la barbe au roi.

Le véritable Olivier le Dain, cette fois.

On dit que les coquillages prennent l'aspect de la couleur du rocher où ils végètent; les chenilles ont presque toujours la nuance de l'arbre qu'elles rongent; le gibier enfin se confond par sa robe ou son plumage avec le terrain aux dépens duquel il vit. Ceux qui ne voient point là un mystère providentiel, affirment que chaque milieu déteint sur son habitant. Olivier le Dain et Louis de Valois vivaient rigoureusement dans le même milieu; ils se ressemblaient comme deux hiboux abrités dans le même creux de vieux mur.

Ceci, tant qu'ils restaient dans le creux du vieux mur. Quand Louis XI mettait par hasard le casque couronné en tête ou qu'il revêtait le manteau d'azur, semé de fleurs de lis d'or, il ne ressemblait plus à Olivier le Dain. Et quand Olivier le Dain, qui était un galant seigneur faisait la roue en chausses de satin, en pourpoint de velours, la toque sur l'oreille, la poulaine rattachée au genou, il ne ressemblait point au roi Louis XI.

Louis XI et son barbier étaient aujourd'hui accoutrés à peu près de la même sorte : surcot de nuance neutre, chausses sombres ayant déjà de l'âge. Louis XI avait de plus que maître le Dain son fameux chapeau à images de plomb, si cher à la légende, et la figure de saint Michel suspendue à son cou par une chaînette d'orfévrerie. Il était assis auprès d'une grande table couverte de parchemins épars. Sur cette table, il y avait une gigantesque et splendide pièce d'argenterie qui faisait contraste avec la simplicité des tentures et de l'ameublement. C'était une de ces boîtes à compartiments qu'on appelait salières et qui figuraient, en général, un édifice de style gothique. On y mettait toutes sortes d'épices et de conserves; le milieu était aménagé pour donner asile à quelque maîtresse portion de venaison ou de boucherie, car c'était un meuble de festin. La salière du roi Louis XI était l'œuvre du fameux Morellet, de Tours, qui tailla de son temps des vases sacrés et des gardes d'épée que Cellini n'eût point désavoués plus tard. Elle contenait, outre les cases à épices et la grand'chambre centrale, un bénitier à gauche, une écritoire à droite; entre l'écritoire et le bénitier, il y avait une galerie pour les livres d'heure et un tiroir pour les titres et parchemins.

Le roi écrivait. De temps à autre, il s'arrêtait pour parler.

— Voici la dixième fois, dit-il en s'interrompant, que je transcris cet article premier des constitutions de mon nouvel ordre de chevalerie. Je n'y puis tout mettre, Olivier, mon ami.

6

— Gardez quelque chose pour les autres articles, sire,
répliqua le barbier.

— Les autres ont leur plein... Écoute attentivement ce
premier article et dis-m'en ton avis.

Le roi lut. :

« En ce présent ordre (1) y aura trente-six chevaliers,
gentilshommes de noms et d'armes, sans reproche, dont nous
serons leur chef et souverain en notre vie, et après, nos successeurs, rois de France. Et lesquels frères et compagnons
de l'ordre, à l'entrée d'icelui, seront tenus délaisser et délais-
seront tout autre, si aucun en avaient, soit de prince ou de
compagnie, excepté empereurs, rois ou ducs, qui, avec ce
présent ordre, pourront porter l'ordre dont ils sont chefs,
moyennant le gré et consentement de nous ou de nos successeurs,
souverain et des frères d'icelui, et en cas semblable, nous et
nos successeurs, souverains dudit ordre, pourrons porter
l'ordre de l'un des susdits empereurs, rois ou ducs avec le
nôtre, pour plus grande démontrance de vraie amour l'un à
l'autre et pour l'espérance du bien qui en pourra advenir. »

Le Dain avait mis la boîte à rasoirs sous son bras.

— Si Votre Majesté n'y voyait point de mal, dit-il, j'aimerais à relire l'article moi-même.

Louis XI lui tendit le parchemin, et maître le Dain lut
bien attentivement.

— Pourquoi mettre les ducs au rang des empereurs et
des rois? dit-il.

— Pour que les ducs acceptent ma chaîne d'or, répliqua
Louis XI; l'or est plus lourd que le fer.

— Le duc de Bretagne, qui a refusé votre chaîne, dit
encore le Dain, vient d'accepter la Toison d'Espagne.

— Es-tu sûr de cela? demanda Louis vivement.

_____

(1) Transcrit textuellement sauf orthographe; *Établissement de l'ordre
de Saint-Michel par le roi Louis onzième*, mss. vélin in-4, 1477, Bib,
Ste-Geneviève.

— Aussi sûr que de mon respect pour Votre Majesté.

Le roi se leva et fit un tour de table à pas précipités. Puis il arracha le parchemin au barbier, trempa sa plume dans l'encre et la tint un instant suspendue au-dessus du mot *ducs*. Mais il n'effaça pas.

— L'article est bon, dit-il en se parlant à lui-même : le duc de Bretagne n'étant point, que je sache, chef de l'ordre de la Toison d'Or, n'aura pas le droit d'en porter le collier. As-tu d'autres objections?

— Aucune, sire.

— Je lis donc l'article II, qui est écrit de vieille date : « *Item*, pour ce que nous désirons que, en ce présent ordre, ait des plus grands, mieux renommés, plus vertueux et notables chevaliers dont nous ayons connaissance, tant de ceux de notre sang et lignage que autres de notre royaume et de dehors, nous, bien informé des bons sens, vaillances, prud'hommies et autres grandes et louables vertus étant ès personnes des chevaliers ci-dessous écrits et, par ce, confiant pleinement de leur grande et entière loyauté, et espérant la continuation et persévérance d'iceux de bien en mieux en toutes hautes, dignes et vertueuses œuvres, iceux avons nommés et nommons en nos frères et compagnons dudit ordre duquel nous et nos successeurs, rois de France, serons souverains comme dessus est dit, c'est assavoir :

« 1º Notre très-cher et très-aimé frère Charles, duc de Guyenne. »

Maître Le Dain sourit et dit :

— A tout seigneur tout honneur !

Le roi sourit aussi, mais, sans relever l'interruption, il poursuivit :

« 2º Notre très-cher et aimé frère et cousin, Jean, duc de Bourbon et d'Auvergne;

« 3º Notre très-cher et aimé frère et cousin Louis de Luxembourg, comte de Saint-Paul, connétable de France;

« 4º André de Laval, seigneur de Lobéac, maréchal de France;

« 5º Jean, comte de Sancerre seigneur du Bueil ;

« 6º Louis de Beaumont, seigneur de la Forest et du Pessis-Macé :

« 7º Jean d'Estouteville, seigneur de Torcy ;

« 8º Louis de Laval, seigneur de Châtillon ;

« 9º Louis de Bourbon, comte de Roussillon, amiral de France ;

« 10º Antoine de Chambannes, comte de Dammartin, grand maître d'hôtel de France ;

« 11º Jean d'Armagnac comte de Comminges, maréchal de France, gouverneur du Dauphiné ;

« 12º Georges de la Trémoille, seigneur de la Trémoille et de Craon ;

« 13º Gilbert de Chabannes, seigneur de Curton, sénéchal de Guyenne ;

« 14º Louis, seigneur de Crussol, sénéchal de Poitou. »

Le roi s'interrompit.

— Ici, dit-il, était la place de mon très-cher et aimé frère et cousin, François II, duc de Bretagne.

— Méchante place ! fit observer le Dain. après Crussol, l'obscur sénéchal, et trois ou quatre petits seigneurs !

Remarquez que le roi Louis XI était un peu dans la position de ces bourgeois enrichis qui se disent un matin : Je vais donner un grand bal, et qui travaillent et qui s'efforcent durant un hiver tout entier, courant après ce qu'il faut d'invités pour remplir leurs salons trop larges.

Dans le préambule de son règlement, Louis XI parlait bien haut d'empereurs et de rois. Il leur faisait, en vérité, des conditions fort rudes à ces rois et à ces empereurs. En fait de rois, il n'y avait encore personne ; le bruit courait qu'ils avaient tous refusé. Quant aux empereurs, néant ! Restaient donc les ducs ; Louis XI en avait deux : Charles de Guyenne, qui était à sa merci, et Jean de Bourbon, qui était à tout le monde. Valois et Bourbon ! Deux bonnes maisons assurément, mais, au point de vue politique, Charles et Jean ne comptaient guère. Bretagne et Bourgogne, voilà des ducs ! Louis XI n'avait ni l'un ni l'autre.

— Pour sa peine, dit le roi, répondant à l'observation de le Dain, il ne sera que le seizième.

— Le quinzième est nommé? demanda le Dain.

— Oui bien, répliqua le roi qui sourit dans ses rides précoces. Voici les noms et titres du quinzième : Tanneguy du Chastel, gouverneur des pays de Roussillon et de Sardaigne.

— Acceptera-t-il? murmura le barbier.

— On ne peut dire si le poisson sera pris avant d'avoir paré l'hameçon, mon compère. S'il accepte, notre bon cousin François sera plus penaud que le renard au regret de sa queue. S'il refuse, j'ai un autre chevalier tout prêt, et notre bon cousin François sera toujours le seizième sur ma liste.

— Et puis-je savoir le nom du nouveau chevalier, demanda maître Olivier le Dain.

Avant que le roi fît réponse, un page souleva la portière de la tente et annonça :

— Otto, comte Béringhem, seigneur de Chaussey et autres lieux.

Maître le Dain bondit sur son tabouret et devint plus blême qu'un agonisant. On entendit les pieds de son siège battre un roulement sur le sol. La voix du page qui avait prononcé le nom de l'Homme de Fer grelottait dans sa gorge. Il se fit dans la tente un silence solennel et profond, durant lequel on put ouïr l'énorme salière sculptée rendre une plainte argentine, comme si l'approche du maudit eût effrayé les objets inertes eux-mêmes.

Personne n'entrait chez le roi pendant *sa barbe*, comme on appelait l'heure de sa conférence intime avec maître Olivier le Dain. Pour qu'un officier vînt annoncer ainsi un étranger, il fallait que le roi lui-même eût donné des ordres.

— Sire! sire! balbutia le barbier dont les dents claquaient : préviendrai-je la garde écossaise?

— Elle est prévenue, mon compère, répliqua le roi tout bas.

— Je demande à Votre Majesté la permission de me retirer...

— Tu n'es pas curieux, le Dain, mon ami, dit le roi qui était calme; on ne voit point un ogre tous les jours. Reste.

Un pas d'homme retentit sous le vestibule de la tente. Le page souleva la portière. Un chevalier parut, il était de grande et riche taille. Maître le Dain le vit plus haut qu'un géant. Ce chevalier, du reste, reproduisait exactement l'idée que le vulgaire avait dû prendre de l'Homme de Fer. Son armure, de toutes pièces, était d'acier bruni, dont les clous seuls, biseautés et polis, brillaient. Il portait en tête le casque, surmonté d'une longue plume noire renversée. La visière était close. Il avait, pour toute arme offensive, une courte dague dans sa gaine.

Il marcha d'un pas bruyant jusqu'au milieu de la tente, s'inclina courtoisement et resta debout devant le roi. Maître Olivier eût donné sa meilleure paire de rasoirs pour être à dix lieues de là.

Le roi ne quitta point son siège.

— Comte, dit-il, je vous remercie d'être venu à mon appel.

Une voix mâle et sonore passa entre les grilles du casque.

— Sire, répliqua-t-elle, par mon fief des Iles, je suis vassal et sujet de Votre Majesté.

— Ceux qui parlent de vous, reprit Louis XI dont le regard perçant s'émoussait contre ce masque d'acier; et beaucoup de gens parlent de vous, seigneur comte, en bien ou en mal...

— En mal seulement, sire, interrompit l'Homme de Fer; je sais cela.

— Ceux qui parlent de vous prétendent que vous êtes vassal et sujet d'un roi qui n'est point de ce monde.

— Beaucoup de gens, répliqua l'Homme de Fer, calomnient aussi Votre Majesté.

Le roi pensa :

— Ce sorcier allemand aurait pu naître en Normandie.

— Avez-vous connaissance de ce que j'attends de vous? interrogea-t-il tout haut.

— Oui, sire.

— Qui vous l'a dit?

— Le bruit public.

— Malepeste ! s'écria Louis XI qui jeta sur son confident un oblique regard; nos secrets d'État courent-ils ainsi les chemins?

— On en parlait ce matin même, et gaiement je vous jure, répartit le comte Otto, sous la tente de François de Bretagne.

Le roi croisa ses jambes l'une sur l'autre.

— Je ne l'avais dit qu'à toi, mon compère, murmura-t-il en se tournant vers maître Olivier le Dain.

— Sur mon salut éternel ! protesta celui-ci, je ne l'ai répété à personne !

— Les murs ont des oreilles, prononça gravement le comte Otto; ainsi parle la sagesse commune. Moi je traduis cela ainsi : l'air a des esprits. Écoutez !

Il toucha de sa main, armée d'un gantelet, un des donjons d'argent qui composaient la salière. Un soupir s'exhala. Ni le roi, ni le Dain, n'eussent su dire d'où venait le bruit. Le Dain joignit les mains en tremblant; Louis XI se signa ostensiblement.

— Comte, dit-il, si les esprits de l'air sont à vos ordres, obtenez d'eux qu'ils nous laissent en repos. Les magiciens du pharaon d'Égypte purent changer leurs baguettes en serpents. Ne faites rien pour me prouver votre pouvoir occulte : j'y crois. Répondez-moi seulement : voulez-vous accomplir mon souhait?

— Si Votre Majesté daigne accomplir le mien, répliqua l'Homme de Fer.

— Parlez.

— Je parlerai quand je serai seul avec le roi.

Louis XI n'hésita pas. Il plongea sa main sous le revers de son surcot et prit son saint Michel d'or, qu'il posa sur la table entre lui et le comte Otto. Gardé ainsi par l'archange, il fit signe au barbier de s'éloigner. Maître le Dain obéit avec une merveilleuse prestesse; la peur lui donnait des ailes.

Nous ne saurions dire si le roi avait peur. Les choses surnaturelles agissaient sur lui très vivement; mais il se possédait en perfection. Dans tous les cas, si le diable l'effrayait,

il n'en eut que plus de mérite, car il garda son rang vis-à-vis
du diable; il ne lui offrit point de siège.

— Comte, dit-il, maintenant que nous voilà seuls, mon-
trez-moi, s'il vous plaît, votre visage.

Le comte répondit :

— Si Votre Majesté était la reine, je le pourrais et je le
voudrais. Mais, j'ai fait un vœu.

Le fameux vœu de ne se découvrir jamais que pour obéir
à l'ordre d'une dame.

Toute cette entrevue du roi et de l'Ogre est tellement populaire dans le pays de Dol et même sur la rive normande, que
la tradition naïve déteint malgré nous sur notre récit. Est-ce
un grand mal? Les paysans du Marais ne savent trop si le
roi était saint Louis ou Louis XI, ils savent que c'était le roi.
Quand à l'Ogre, il n'y eut jamais qu'un ogre. La date n'y
fait rien. C'était il y a longtemps.

Les paysans qui racontent cette légende du roi et de l'Ogre
rient bien à l'endroit où l'Ogre dit au roi : « Si vous étiez la
reine... »

L'Homme de Fer répliqua donc :

— J'ai fait un vœu.

Et il ajouta :

— Je ne montre mon visage qu'à celles que je sers ou à
ceux que je tue.

Le roi fit la grimace.

— Et quel est votre souhait, comte? demanda-t-il.

— J'ai fantaisie, sire, répliqua l'Homme de Fer, d'être
chevalier de votre nouvel ordre de Saint-Michel.

X

Nous savons que le roi Louis XI avait justement eu la même idée que l'Homme de Fer : il avait songé à remplacer sur sa liste le nom de François II, duc de Bretagne, par le nom du comte Otto Béringhem. A condition, bien entendu, que le comte Otto Béringhem lui ferait raison de l'entêtement de François II de Bretagne. Néanmoins le roi Louis XI prit la mine d'un souverain qui tombe de son haut.

— Saint archange ! s'écria-t-il. Comte, y songez-vous? Ma nouvelle compagnie et frérie est chrétienne de tout point, soumise à l'autorité de l'Église catholique, apostolique et romaine.

— Je ne veux point de mal à notre saint-père le pape, répondit l'Ogre paisiblement.

— Y songez-vous, y songez-vous ! Nos chapitres se tiennent en la basilique du Mont.

— Grand et beau temple, sire !

— Nous jurons notre serment sur l'Évangile et sur la croix.

— Je n'y vois nul empêchement.

Le roi s'agitait feignant un embarras majeur. Le comte reprit :

— C'est mon caprice.

— Demandez-moi tout ce que vous voudrez hormis cela !
s'écria Louis XI.

— Je ne veux rien autre.

— De l'or, des titres...

— Je fais de l'or : avec de l'or on achète des titres. Je veux
être chevalier de Saint-Michel.

— Saint archange, donnez-moi conseil ! supplia le roi.

L'image de Saint-Michel ne dit mot, mais, aussi vrai que le
Couesnon est fou en grand'marée, les bonnes gens de Dol et
de Pontorson affirment que la salière laissa échapper un
murmure.

Elle avait déjà soupiré. Qu'avait-elle donc dans le corps cette
salière ?

— Sire, reprit le comte Otto, je ne demande pas mieux que
de vous amener pieds et poings liés ce duc François de Bretagne qui a laissé outrager hier, sur son domaine, mon caractère et ma personne. Il me plaît de le punir. Mais tout service
vaut son prix, et je vous fais respectueusement savoir en quelle
monnaie je prétends être payé.

— Que diraient mes frères et compagnons, les chevaliers
de l'ordre ? murmura le roi.

— Ils diront ce qu'ils voudront, sire, chargez-moi seulement
de leur répondre.

— Cependant, comte, si je jugeais votre prétention inad-
missible ?

— J'en serais fâché pour moi et pour vous, sire.

— Pour moi ? dit le roi en se redressant.

— Pour vous surtout, car votre envie de réduire François
de Bretagne est ardente et légitime.

— Ne pourrais-je le réduire sans vous ?

— Hier vous l'auriez pu, sire.

— Et demain ?

— Demain, Votre Majesté ne le pourrait pas.

Voyez-vous cet ogre traitant de puissance à puissance avec
e roi qui trancha la tête de Jean d'Armagnac, duc de Nemours !

Les gens du Marais de Dol savent assurément de bonnes histoires.

— Pourquoi ne pourrais-je demain ce que je pouvais hier? demanda encore Louis XI.

— Parce que, répliqua le comte Otto, hier j'eusse été neutre.

— Vous avez grande opinion de vous, messire! grommela le roi.

— Demain, poursuivit l'Homme de Fer, j'aurai le refus de Votre Majesté sur le cœur. Je me connais : ma lance se couchera d'elle-même pour défendre François contre vous.

Les sourcils de Louis XI se froncèrent.

— Entre hier et demain il y aura aujourd'hui, prononça-t-il avec sécheresse. Aujourd'hui, vous êtes dans la tente du roi de France, et la garde écossaise du roi se range en armes autour de la tente.

— *Der Teufel!* s'écria l'Allemand en riant derrière la grille de son casque, je vois que Louis de Valois n'a pas volé sa renommée! Je suis chez le roi de France, sous la garde de son honneur, et le roi de France me fait cerner à bas bruit par ses archers écossais. On aime à voir cela pour y croire!

Sire, reprit-il sérieusement et même avec une certaine emphase, si vous avez vos satellites, j'ai les miens.

— Où sont-ils les vôtres? fit le roi.

— Plus près de nous que ceux de Votre Majesté.

— Il me plairait d'être fixé au sujet de votre puissance mystérieuse, comte Otto Béringhem, dit Louis XI.

L'Homme de Fer tira sa dague. Avec la pointe il traça un cercle dans le vide.

— Airam! prononça-t-il en touchant de son gantelet le faîte guilloché de la salière.

Une voix s'éleva dans la chambre. On eût dit qu'elle parlait au centre même de la table. Elle dit :

— Maître, je suis là!

Louis XI sourit du bout des lèvres, mais il prit le temps de réciter une courte prière.

— J'ai vu en mon château du Plessis-du-Parc-les-Tours,

dit-il ensuite, un jongleur plus habile que vous. Ce jongleur nommait son art ventriloquie. Il se couvrait le chef d'un casque comme vous faites présentement, et derrière la grille il feignait de conserver avec trois ou quatre lutins qui tous lui répondaient à tour de rôle.

— Le roi m'a-t-il fait appeler pour m'outrager avant de m'assassiner? demanda l'Homme de Fer, qui se redressa fièrement sous son armure.

Et comme Louis XI ne répondit pas assez vite à son gré, il ajouta :

— Seul je suis dans la tente du roi et m'étant mis, comme je l'ai fait en apparence, à sa merci, je défie le roi !

Louis XI le considérait curieusement.

— Vous êtes à tout le moins un homme intrépide et vaillant, comte Otto, dit-il. On m'accuse par le monde d'être superstitieux et craintif touchant les choses magiques qui dépassent l'intelligence humaine; à l'occasion, vous pourrez témoigner du contraire. Si je vous donne le cordon de Saint-Michel, quand me livrerez-vous François, duc de Bretagne?

— Aujourd'hui, à l'issue des joutes.

— Donc, vous serez chevalier de mon ordre, comte Otto Béringhem. Mon œuvre est juste, chrétienne et agréable à Dieu : la fin excuse les moyens.

— Aurai-je un gage? demanda l'Homme de Fer.

Louis XI ne se fâcha pas. Il prit le parchemin où les noms des quatorze premiers membres étaient inscrits.

— J'allais écrire ici, dit-il, à la place quinzième, le nom de M. Tanneguy du Chastel; je vous donne sur lui la préséance...

— Quitte à voir plus tard ! ajouta-t-il mentalement.

Et il écrivit en toutes lettres, au rôle d'institution, le nom du comte Otto Béringhem, seigneur de Chaussey (1).

— Le roi n'a plus rien à m'ordonner? demanda l'Homme de Fer.

— Si fait. J'ai donné un gage, je veux un gage.

_____

(1) Au quinzième numéro du *Rôle royal* il y a une rature. On a dit, nous ne l'affirmons point, que les premiers feuillets sont de la main du roi.

Le comte Otto tira son gantelet. Au doigt annulaire il portait une bague dont les feux éblouirent Louis XI, qui était connaisseur. C'était un diamant d'un prix inestimable.

— Voici qui vaut la rançon d'un roi, dit le comte; c'est mon gage, je le laisse à Votre Majesté.

Il s'inclina et se dirigea vers la sortie de la tente. Louis XI regardait le diamant. Au moment de sortir, l'Homme de Fer se ravisa.

— Maintenant que nous sommes d'accord, dit-il, plairait-il au roi de voir face à face un de mes satellites mystérieux?

— Cela me plairait, fit Louis XI, non sans une certaine hésitation.

La garde écossaise était si proche qu'on entendait causer entre eux les soldats. Que craindre?

Le comte Otto revint sur ses pas.

— Nasboth! où es-tu? prononça-t-il d'une voix contenue.

Nasboth ne répondit point.

Le comte prêta l'oreille à droite et à gauche comme s'il eût cherché à saisir un son dans l'air. Puis il s'approcha de la salière et se prit à écouter aux fenêtres, par où s'échappait, à l'heure du festin, la fumée du maître plat qui occupait toujours le centre de cette monumentale orfévrerie. En se penchant, il fit le tour de la salière. Quand le palais d'argent le cacha tout à fait aux yeux de Louis XI, il dit tout bas à l'une des ouvertures :

— Réponds ou je t'étrangle comme un poulet, petit coquin !

— Je suis ici, maître, répliqua aussitôt une voix épouvantée.

Nasboth devenait obéissant. Le roi était attentif : un sourire sceptique restait autour de ses lèvres, mais il caressait de la main à tout hasard son image de saint Michel.

— Puisque tu es ici, reprit le comte, sors de ta retraite et montre-toi aux yeux du roi.

Le couvercle de la salière s'agita bruyamment. Louis XI recula son siège

— Airam ! Airam ! cria le comte en frappant du pied le sol ; j'ai ordonné, montre-toi !

Nasboth faisait ce qu'il pouvait. Ce n'était pas un de ces esprits robustes qui entrent dans les maisons en démolissant un pan de muraille, car il avait beau se démener, il ne pouvait soulever le couvercle en argent massif de la salière. Le roi ouvrait de grands yeux ne sachant quel genre d'animal menait dans l'intérieur de son argenterie cet étrange tapage. Sa frayeur, s'il avait eu frayeur, tournait à l'envie de railler.

Le comte Otto, à bout de patience, leva lui-même, d'un geste violent, le couvercle de la salière. Tout aussitôt Nasboth s'élança et sauta sur la table. Pour le coup, le roi devint pâle et mit sa main au-devant de ses yeux. Nasboth était un esprit de forme irrégulière et peu gracieuse : une tête énorme, armée de cheveux hérissés sur un corps dont l'exiguïté pouvait paraître assurément un fait surnaturel. Le roi posa précipitamment son saint Michel d'or entre lui et Nasboth. Nasboth faisait peur au roi.

Le comte Otto, cependant, n'était pas content de Nasboth ; il le prit par les cheveux et le jeta sous son bras comme un paquet.

— J'emporte ce qui est à moi, dit-il en sortant ainsi de la tente.

Son noir écuyer l'attendait au dehors avec des chevaux. Il se mit en selle ; l'écuyer lui drapa sur les épaules un long manteau sous lequel disparurent le petit corps et la grosse tête du pauvre Nasboth. Le comte Otto, Nasboth et l'écuyer descendirent au galop dans la plaine.

Louis XI, resté seul, replaça d'abord avec soin le couvercle de sa salière.

— C'est un nain, se dit-il, un nain de chair et d'os... Mais comment a-t-il pu s'introduire en cette cachette?

Les gens qui regardent dans les tiroirs de commode avant de dire tout haut leur secret n'exagèrent point la prudence. Les oreilles se fourrent partout.

Le roi revint au diamant, qui ne s'était point changé en caillou après le départ de l'Homme de Fer. Puis il s'agenouilla devant l'image de saint Michel.

— Glorieux archange, dit-il en achevant sa prière, j'ai compté sur votre aide pour trouver un moyen de ne point tenir ma promesse, car ce serait sacrilège que d'introduire un pareil homme dans la frérie qui porte:a votre vénéré nom.

Dans la plaine, le comte Otto, Nasboth et l'écuyer c uraient ventre à terre. La tête volumineuse du nain soulevait le manteau de l'Homme de Fer.

— Esprit ! dit celui-ci qui riait sous sa visière baissée, je t'avais vu rôder ce matin autour de la tente du roi, et qua.id je suis entré je t'ai entendu souffler dans ta prison... Rends grâce à ma fantaisie, car tu étais pris sous le couvercle comme en un traquenard !

— Tant qu'il vous plaira, monseigneur, je vous rendrai grâces, répliqua l'esprit Nasboth.

— Je te reconnais, reprit Otto Béringhem, tu es le nain Fierà-Bras, le fou du sire de Combourg.

— Moi, je vous reconnais aussi, monseigneur, vous êtes Olivier, baron d'Harmoy, raconteur de belles histoires.

— Retourne à Chaussey, Sélin, dit le comte à son écuyer; dix lances de renfort et la grande barque sous Tombelaine !

L'écuyer piqua des deux dans la direction de la grève. Le comte poursuivait sa route vers la rive du Couesnon, où était sa tente.

— Pour qui besognes-tu? demanda-t-il au nain; pour ton seigneur le sire de Coëtquen? pour le duc de Bretagne?

— Non point, messire; j'étais là pour rendre service au bon écuyer Jeannin, que j'appelle mon oncle... Vous savez, le père de Jeannine la brunette.

— Tu es un espion adroit et hardi.

— S'il vous plaît, messire, je suis un pauvre gentilhomme, cadet de famille et sans apanage. Je fais ce que je peux pour vivre honorablement.

Le comte souleva le devant de son manteau pour voir un peu ce gentilhomme qu'il avait sous le bras.

— Veux-tu que je fasse ta fortune ! demanda-t-il brusquement.

— Volontiers, messire, répondit le nain; cela me comblera de joie.

— Je t'achète : fixe le prix.

Le nain prit un air grave.

— Messire, dit-il, ces choses ne s'expriment point en termes si francs. On ménage la fierté des gentilshommes. Je serai de votre parti moyennant que vous m'offrirez d'honnêtes étrennes; mais, plutôt que de me vendre, je gratterais la terre avec mes ongles !

— Fixe donc tes étrennes ! répéta le comte Otto en riant.

Fier-à-Bras établissait un calcul à l'aide de ses doigts maigres et longs.

— Deux et deux font quatre, dit-il, et deux six... L'an a trois cent soixante et cinq jours, qui, multipliés par six, donnent deux mille cent quatre-vingt-dix. Je vivrai bien encore quarante années, étant de bonne et saine constitution. Mettons cinquante pour ne point être pris au dépourvu dans la vieillesse. Deux mille cent quatre-vingt-dix répétés cinquante fois, donnent, si je ne fais erreur, cent neuf mille cinq cents... Ce sont des sous tournois qui produisent en livres, cinq mille quatre cent soixante-quinze, et en écus d'or nantais quatre cent cinquante-sept et demi...

— Tu es un géant pour le calcul, ami Fier-à-Bras ! s'écria le comte émerveillé.

— Avant de servir mon seigneur actuel, le sir de Coëtquen, répliqua l'Araignoire, j'allais dans les assemblées et foires, et je gagnais ma vie à supputer sans parchemin ni plume, par la seule puissance du souvenir. Je pense qu'un gentilhomme ne déroge pas pour cela.

— Certes... et que veux-tu faire de tes quatre cent cinquante sept écus nantais et demi?

— Quatre cent cinquante-huit, messire, car il faudra un demi-écu pour l'acte

— Quel acte?

— Acte authentique sous votre bon plaisir, passé entre moi et dame Lequien, du bourg d'Ardevon, agissant pour elle

et ses héritiers ou successeurs, laquelle s'obligerait à me servir,
ma vie durant, une tourte le matin, une tourte à midi, une
tourte le soir : j'entends tourte double de pâté tendre, fourrée
d'amandes et de raisin confits, chaude et sortant du four, ne
pouvant ladite dame Lequien, sous aucun prétexte quelconque,
me distribuer tourte de la veille ou de la précédente fournée.
Pour lesquels fonds perdu et servitude, consentis de gré à gré,
je nantirai ladite dame Lequien desdits quatre cent cinquante-sept écus et demi en espèces courantes, dont quittance
et reçu. En foi de quoi...

Le comte éclata de rire derrière la grille de son armet.

— Tu auras cinq cents écus tout neufs, dit-il, si tu veux
m'apprendre, par-dessus le marché, comment tu existes encore,
après avoir été grillé par mes archers dans la baraque du bala-
din Rémy.

Le nain s'empressa de le satisfaire. Sa fortune subite et
l'assurance qu'il avait de manger, avant de mourir, dix-huit
mille deux cent cinquante tourtes d'Ardevon, ne l'avaient
pas trop enflé. Quand il eut raconté son histoire, il demanda
au comte avec calme ce qu'il fallait faire pour gagner
définitivement les cinq cents écus.

— M'obéir, répondit Otto Béringhem. Si tu m'obéis aujour-
d'hui, demain, à pareille heure, tu pourras te présenter chez
ta dame Lequien pour manger ta première tourte. Tu as tout
entendu, là-bas, chez le roi ; tu sais de quelle besogne je suis
chargé. Voici mon cas : je ne connais pas ce duc François de
Bretagne que j'ai promis d'enlever : si tu sais peindre aussi
bien que compter ou rédiger les actes authentiques, fais-moi
son portrait.

Fier-à-Bras se recueillit.

— Je ne l'ai vu qu'une fois, dit-il enfin, mais je l'ai bien
regardé ; le jour où je le vis, il m'écarta de son passage, à l'aide
de sa houssine, en criant : « Au large ! moitié de singe ! » Mais,
il ne savait pas à qui il avait affaire : je ne lui en garde point de
rancune. Il est grand, lourd en selle, un peu voûté, avec des
jambes grêles. Son cheval est blanc, portant des taches noires,

7

espacées presque aussi régulièrement que les queues d'hermine
de son écusson ducal. Il a les cheveux blonds tirant sur le roux,
le nez droit et gros, les pommettes comme des noix, les yeux
somnolents, l'air ennuyé... Mais vous ne verrez rien de tout
cela, messire, si ce n'est aux joutes, sauf la taille, les jambes et
le cheval: encore fait-on de belles jambes à toutes les armures.

— Il portera le cimier ducal, dit le comte.

— Savoir!... repartit vivement le nain qui se mordit la
lèvre jusqu'au sang et ajouta : sans doute, sans doute!

Le comte Otto avait jeté sur lui un regard soupçonneux.

— Écoute-moi bien, reprit-il. Je m'intéresse à cet écuyer
Jeannin que tu appelles ton oncle. En cas de malheur lui seul
serait épargné dans la suite de François de Bretagne.

— Et moi! messire, et moi! se récria le nain avec chaleur;
songez que je suis obligé d'accompagner M. de Coëtquen!
Je mettrai mon blason sur ma poitrine : *d'or à l'oison de
gueules*, afin que \ us ne me preniez point pour un autre
gentilhomme!

La course du comte s'était ralentie pendant qu'ils parlaient.
Le soleil montait cependant à l'horizon, et la plaine éveillée
reprenait son air de fête. Je crois qu'on tirait un peu la grenouille, là-haut, sur le pont, mais c'étaient des comparses :
Gabillou et Marcou étaient hors de combat. Le comte mesura
la hauteur du soleil.

— L'heure me presse, murmura-t-il en plantant ses éperons
dans le ventre de son cheval, qui bondit.

On apercevait derrière un rideau de peupliers la tente des
insulaires de Chaussey.

— Nous allons nous séparer ici, reprit le comte Otto:
remplis ta mission auprès de Jeannin comme tu l'entendras.
Après tout, ce duc est un chevalier; l'annonce d'un danger
ne peut l'éloigner de la passe d'armes... N'oublie pas que
l'écuyer sera épargné.

Il prit Fier-à-Bras par le collet de son pourpoint et le lança
dans une meule de foin qui bordait la route, sans arrêter le
galop de son cheval.

Le nain se releva tout étourdi.

— Je ne veux pas de tes tourtes, mécréant, s'écria-t-il en regardant l'Homme de Fer s'éloigner. Quand mon oncle Jeannin sera chevalier, il m'en donnera six par jour au lieu de trois, car c'est une bonne âme. Têtebleu ! ma belle petite Jeannine ne mourra point : j'ai de quoi dorer les éperons de son père !

Il se mit à courir dans l'herbe coupée, sautillant et chantant comme un moineau franc en belle humeur.

XI

Le nain Fier-à-Bras courut ainsi jusqu'au camp ducal, où
Jeannin l'attendait avec impatience. En quelques mots, il
raconta au bon écuyer ses surprenantes aventures, puis il
ajouta :

— Maintenant, mon oncle, commences-tu à croire que tu
seras chevalier?

Jeannin ne voyait aucune espèce de rapport entre les projets
de Louis XI et sa propre élévation. Que Fier-à-Bras eût surpris,
caché dans une pièce d'argenterie, l'entretien du roi de France
et de l'Homme de Fer, c'était bien, assurément; mais de là
aux éperons d'or chaussés par lui, Jeannin, il y avait de la
marge.

— Ah ! mon oncle ! mon oncle ! s'écria le nain en colère,
ce ne sont pas les braves gens comme toi qui inventent la
poudre. Si je n'étais pas là, par la grâce de Dieu, ta fille mourrait !

Ouvre tes deux oreilles, reprit-il d'un accent impérieux, et,
si tu ne comprends point, tâche au moins de te souvenir. Tout
à l'heure, quand j'aurai achevé mon rapport au duc, notre
seigneur, avance hardiment au milieu du cercle des barons, et
dis ces propres paroles : « Je suis l'écuyer Jeannin que le

Maudit a dessein d'épargner. Que mon seigneur prenne mon armure et mon cheval, il ne courra aucun danger. » Faut-il répéter.

— Non, je sais ma leçon... mais qu'en arrivera-t-il?

— Le roi des preux, répondit Fier-à-Bras, le fier Roland, n'aurait peut-être point consenti à cela, mais François de Bretagne n'y regardera pas de si près.

En ce moment, Laënnec, le sergent d'armes, qui avait été dépêché au conseil, revint, apportant l'ordre d'introduire l'écuyer et le nain. Ce fut malheureux. Une demi-heure de plus, et le bon Jeannin commençait à comprendre !

Le duc but en voyant entrer Jeannin et son petit compagnon. Après avoir bu, il ordonna à l'écuyer de s'expliquer. Fier-à-Bras prit alors la parole et le duc rebut. Fier-à-Bras parlait bien; le récit qu'il fit de son aventure dans la tente du roi, récit qu'il enjoliva peut-être un peu, intéressa au plus haut degré le noble auditoire. En l'écoutant, le duc emplissait et vidait son verre avec un sincère plaisir.

— Coëtquen, dit-il, quand le nain eut fini, tu me donneras cette créature.

— Elle est à vous, mon seigneur, repartit le sire de Coëtquen.

— Viens ça, Nasboth ! s'écria le duc enchanté: je t'appellerai Nasboth en souvenir de la salière. Verse-moi à boire... Ah ! ah ! l'Homme de Fer a promis qu'il me conduirait au Mont pieds et poings liés?

— Oui, monseigneur, et pour vous dévoiler cette trame, je manque ma fortune.

Ici l'histoire des dix-huit mille deux cent cinquante tourtes d'Ardevon qui eut un succès de délire. Le duc but trois rasades coup sur coup pour témoigner, comme il faut, son contentement.

— Messieurs, dit-il, le roi Louis n'a oublié qu'une chose : c'est de nous convoquer à sa passe d'armes.

Comme il prononçait ce dernier mot, il se fit un grand bruit au dehors. Les trompettes sonnèrent. Le duc pâlit un peu et vida son gobelet d'un air chagrin. Laënnec souleva de nou-

veau la draperie de la tente et introduisit en grande cérémonie un homme, vêtu de ce manteau fleurdelisé que le roi de
France et les rois d'armes avaient seuls le droit de porter.

Celui-ci était Montjoie, le roi d'armes. Et il venait convier
le duc de Bretagne aux joutes et tournois qui devaient avoir
lieu, ce jour-là même, ès grèves de la Rive, entre le mont
Saint-Michel et la terre ferme.

Le duc tendit son verre à Fier-à-Bras quand le hérault fut
parti.

— Monseigneur a refusé le collier de Saint-Michel, dit
Monsieur Tanneguy, monseigneur peut bien décliner l'assi-
gnation du roi qui vient tardivement, ce me semble.

— Es-tu déjà Français, pour ce qu'on veut te donner l'ordre
de Saint-Michel, mon cousin Tanneguy? demanda François
entre deux gorgées.

Tanneguy du Chastel se redressa, mais ne répliqua point.
Il y eut un murmure parmi les barons de Bretagne qui tous
vénéraient cette vaillante barbe grise. Dunois s'écria :

— Nous irons, par notre Dame ! n'est-ce pas, monseigneur?
Mais nous irons en armes et en force !

— Nous irons, répliqua le duc François qui repoussa d'une
main son verre et tendit l'autre à Monsieur Tanneguy. Mon
cousin, je n'ai point voulu vous offenser.

Fier-à-Bras fit signe à Jeannin; Jeannin s'avança au milieu
du cercle.

— Monseigneur, dit-il, répétant laborieusement la leçon
que le nain lui avait faite, je suis l'écuyer de Kergariou que
le Maudit a dessein d'épargner. Que monseigneur prenne
mes armes et mon cheval, il ira aux joutes sans courir aucun
danger.

Il y eut un grand silence dans la tente du duc de Bretagne.
Tous les barons baissèrent les yeux comme s'ils eussent craint
de s'entre-regarder. Le rouge monta au visage de Dunois; le
duc François, au contraire, malgré de nombreuses rasades,
avait au front une nuance de pâleur.

— Notre seigneur n'a point d'héritier en son palais de

Nantes, dit Monsieur Tanneguy d'une voix lente et grave; mon avis est que notre seigneur accepte l'offre de ce brave homme.

— Serai-je donc le premier duc de Bretagne, murmura François, qui ait pris un déguisement pour aller à l'ennemi?

— En cas de trahison, répliqua Tanneguy, nous nous rangerons autour de vous et vous aurez une épée.

Personne autre n'opina. Dunois frémissait. Le duc dit :

— Que Dieu me prête l'occasion, je montrerai à tous ceux qui sont là si je suis petit chevalier ! Ce que je fais est pour la Bretagne dont le peuple est à ma garde. Brave homme, je porterai tes armes et je monterai ton cheval.

— Après quoi, dit Fier-à-Bras qui remplit de lui-même la coupe de François, ce seront armes et montures de chevalier !

Le duc avait fait dessein de ne plus boire; cependant il but. Sachons-lui gré de l'intention.

— Messires, dit-il, préparez-vous et à cheval !

— Hein ! s'écria Fier-à-Bras en s'élançant vers Jeannin, me voici échanson d'un prince, et toi, te voilà chevalier ! Comprends-tu maintenant?

— Je comprends, répondit Jeannin sans sourciller, qu'avant la fin du jour j'aurai quelque bon coup de dague. C'est mon métier. Petit homme, tu as fait pour le mieux, et je te remercie.

Il y avait du temps déjà qu'on parlait de ces joutes. Au xve siècle, la *publicité* ne se faisait pas aussi facilement ni de la même façon qu'aujourd'hui, mais elle se faisait. Une chose dont on n'a point abusé garde tout son crédit. La publicité, toute faible et naïve qu'elle était, courait le monde en boitant et le monde trouvait encore qu'elle allait bien vite, car il lui prêtait des ailes en l'appelant la Renommée. Donc, la Renommée avait porté partout la nouvelle de ces fêtes promises par le roi Louis XI. Les bonnes gens de Bretagne et de Normandie ne savaient pas au juste comment se crée un ordre de chevalerie; on leur avait parlé d'une passe d'armes mémorable, ils pensaient que l'ordre de Saint-Michel serait institué en plein champ ou plutôt en pleine grève, et que chacun pourrait voir.

C'est ici la grande question : que chacun puisse voir. A la vérité, la condition n'est jamais remplie, et dans toute solennité les neuf dixièmes des curieux restent à la porte, mais ceux-là mêmes qui sont restés en dehors toute leur vie espèrent entrer une fois avant de mourir.

Ce devait être un spectacle d'élite qu'une joute où tant de princes et tant de hauts barons recevraient leurs colliers d'or de la main du roi. On disait, en outre, merveilles du costume de la frérie : manteau de damas blanc, brodé d'or, semé de coquilles et fourré d'hermine de bout en bout, chaperon de velours cramoisi à longue cornette, pour être mis sur la tête ou pendre sur le cou, chausses perlées, pourpoint de camelot de soie blanche à bord courant de coquilles brodées.

Les officiers de l'ordre, affirmaient les bien informés, marchaient en robes de camelot de soie blanche, pareillement brodées et en chaperon d'écarlate. Pour le roi, la robe de moire écarlate avec le chaperon noir.

Et les dames ! On allait voir sans doute la duchesse d'Étampes et la petite madame Anne de Beaujeu, fille de France, la dame de Montsoreau, qui suivait partout le duc de Guyenne, et les princesses, et peut-être la reine !

Jugez ! on était venu de dix lieues à la ronde pour contempler la Grenouille tirée sur le pont du Couesnon. Jugez ! on pouvait venir de vingt lieues et aussi de trente pour assister à cette nonpareille cérémonie.

Une chose notable entre toutes, c'était l'emplacement même choisi pour les lices. Ce roi Louis XI ne faisait, en vérité, rien comme les autres. A droite de l'embouchure du Couesnon, entre la rive normande et le mont Saint-Michel, il y avait, au milieu d'un marécage marneux que la mer couvrait en marée, une plage dite la grève Saint-Suplice, formée de beau sable jaune et fin comme de la poudre d'or. On aurait jusqu'au soir pour s'ébattre en ce lieu; après quoi le flux, grossi par les influences lunaires, allait couvrir les lices et jeter son niveau par-dessus les estrades tendues de velours.

Une passe d'armes en grève ! Des joutes qui devaient avoir

l'immensité pour arène ! Un tournoi qui, après une heure écoulée, eût pu se changer en combat naval !

Aussi pour en revenir à la Grenouille, qui est un des faits majeurs de notre récit, elle s'était tirée dès le matin mollement et par manière d'acquit. On n'avait cassé qu'une paire de bras sur le pont du Couesnon ; de méchants bras qui s'étaient disloqués sans gloire et au premier tirage : des bras de beurre, suivant l'expression favorite de Marcou. Le règne de la Grenouille était passé ; il faut n'avoir rien de mieux à faire pour se divertir à ce jeu de la Grenouille ! A bas la Grenouille !

Et vite ! démolissez les baraques ! chargez les planches vermoulues sur les chariots de misère. Il s'agit bien de Rollon Tête d'Ane et de l'enlèvement des Sabines ! A peine donnet-on un regard au tas de cendres qui marque le tombeau du père Rémy. Toutes ces choses sont d'hier ; elles ont cent ans. Les joutes ! la grève ! les armures damasquinées ! les manteaux fourrés d'hermine ! les colliers d'or ! les dames ! les chevaliers !

Il fallait voir la foule descendre des deux côtés du Couesnon par groupes échelonnés et pressés, les paysans et les bourgeois en caravane, le plus grand nombre à pied, quelques-uns juchés deux à deux et même trois par trois sur des chevaux de labour ; ici toute une métairie dans une charrette ; là, sur un petit âne, un grand coquin de pataud dont les sabots ferrés touchent terre, des fillettes portées à la *guerdindelle* entre deux coqs de village (la guerdindelle se nomme en d'autres pays *la selle au roi*) ; plus loin, de lourds garçons, voûtant leurs épaules trapues et marchant bras dessus bras dessous en chantant la ronde des Allants ; partout, des ménagères attelées au panier de provisions, partout des enfants joufflus à cheval sur le cou de leur père.

Mathurin Sans Dents et Goton, sa femme, étaient ce matin en belle humeur. Goton avait un mouchoir autour de la joue pour un maître coup de poing que son Mathurin lui avait conflé la veille au soir. C'était un gage de réconciliation, ils cheminaient cahin-caha, riant et se gourmant de bonne amitié comme au temps de leur lune de miel. Jouanne, la petite gardeuse d'oies, et le pâtour du presbytère de la Gouesnière, se donnaient, à la face de tous, de frappantes preuves d'affection. Jouanne avait déchiré le vestaquin de son pâtour; le pâtour avait roulé sa Jouanne dans la boue : idylles bretonnes, chères et gracieuses tendresses des enfants de la nature !

Puis c'étaient les compagnies nobles, arrivant de Pontorson et des châteaux voisins, gentilshommes et belles dames, palefrois et haquenées. La plus nombreuse et la plus brillante de ces compagnies était sortie de l'hôtel du Dayron, après avoir vu du haut de la terrasse l'escorte royale et l'escorte ducale partir de leurs campements respectifs. Une troisième escorte, celle du Seigneur des Iles, avait pris, quelques instants auparavant le chemin des grèves.

C'était beau. Les bannières se balançaient à la brise molle, l'acier des armures dispersait au loin les gerbes d'étincelles. L'écho des fanfares arrivait tantôt enflé par le vent, tantôt brisé et comme mourant.

— Bette, ma mie, disait dame Josèphe de la Croix-Mauduit à sa suivante, qui chevauchait sur une bête à longues pattes dont le cou planté droit supportait une tête piteuse, Bette, voici l'occasion de montrer que nous sommes gens hors du commun et d'honorable maison; ne regardez ni à droite ni à gauche; la curiosité vaine est le fait du menu peuple; réglez le pas de votre haquenée sur l'allure de la mienne, qui sait comment on se conduit en pareille occurrence, puisqu'elle assista aux fêtes du couronnement du duc Pierre. Si vous avez des yeux, vous établirez aisément la différence qui existe entre ma monture et celles des bourgeoises inconsidérées. Tenez la tête haute, Bette, et si vous entendez autour de vous des pages ou hommes d'armes jasant, fermez l'oreille, car on ne gagne rien à ouïr de pareils entretiens; je veux vous dire en outre, Bette, ma mie...

Elle s'interrompit, et son maigre visage exprima tout à coup une profonde consternation. Elle regarda avec des yeux agrandis par l'horreur son gant de peau de daim, brodé de soie verte, où le vieux faucon était perché, comme toujours.

Le gant venait de subir un dommage dont le vieux faucon était l'auteur.

— Voilà onze ans, vienne la Noël, dit dame Josèphe d'une voix altérée, que j'acquis cet oiseau de la fauconnerie de Pierre-Marie Tuault, rue aux Foulons, à Rennes. Il avait alors deux mois et mangeait seul. Je ne l'aurais jamais cru capable d'une action aussi indécente, car il ne m'avait donné jusqu'à ce jour que du contentement... Faites approcher maître Biberel, mon écuyer.

Le coupable faucon ne manifestait aucun remords. Il continuait de dormir, perché sur le poing déshonoré de la douairière.

— Maître Biberel, reprit celle-ci d'un ton sévère en s'adressant à son écuyer, vous fûtes chargé par moi d'éduquer et instruire ce gerfaut; c'est à vous que je dois dénoncer sa conduite. Qu'est l'éducation, sinon l'art de régler et modérer les défaillances de la nature? Ce que mon faucon vient d'accomplir ici devait être fait ce matin au perchoir. En principe, cela n'a rien de répréhensible; mais par le temps et le lieu, l'action devient blâmable. Prenez l'oiseau, maître Biberel, pendant que Bette va me tirer mon gant et me le nettoyer, autant qu'on peut le faire en voyage. Comme toute faute mérite châtiment, appliquez au gerfaut une demi-douzaine de croquignoles ou chiquenaudes à la naissance de l'aile, sans le blesser ni maltraiter trop cruellement. L'instinct des animaux leur apprend le motif des punitions qu'on leur inflige. Je souffre de l'ordre sévère que je vous donne, attendu que j'ai le cœur sensible, n'aimant à voir peiner aucune créature de Dieu; mais, agissant comme je fais, je crois remplir mon devoir.

Maître Biberel corrigea le faucon, qui hérissa ses plumes, étonné qu'il était de recevoir le fouet pour une action si naturelle, et Bette nettoya le gant tant bien que mal.

— Je voudrais, reprit la douairière, que ma nièce Berthe fût ici, près de moi, pour juger comme on doit faire en certaines circonstances fortuites. Ainsi vient l'expérience. Mais Berthe

chevauche entre son cousin Aubry de Kergariou, qui est un
beau jouvenceau, ne le [trouvez-vous pas, Bette, et messire
Olivier, lequel nous contait hier de surprenantes légendes.
Il me semble que je vois encore auprès d'elle cette fillette
pour qui elle s'est prise d'une affection inconsidérée. Ma nièce
a veillé tard cette nuit. A son âge, je n'aimais que mes co-
lombes et que mes passereaux apprivoisés. Mais il n'y a plus
de jeunesse au temps où nous vivons, et facilement pouvons-
nous prévoir que la fin du monde approche.

On lui rendit son gant, puis son faucon. Elle dit à ce dernier sans se fâcher :

— Une seconde faute du même genre appellerait un châtiment double. A la troisième récidive, je donnerais ma faveur
à un autre gerfaut. Tiens-toi donc pour averti, et comporte-
toi désormais comme il convient à la position que tu occupes
auprès de moi. Je te pardonne !

— Je vous le demande ! reprit-elle avec une certaine émotion en s'adressant au vieil écuyer et à la vieille suivante, si
le gerfaut avait agi de la sorte quand nous allons paraître
devant les têtes couronnées ! Si, au milieu d'une révérence
de dignité première !...

Elle n'acheva pas, tant la pensée d'un pareil opprobre
l'agitait violemment.

Dame Josèphe était séparée de sa nièce par toute l'épaisseur de la cavalcade dont elle formait l'arrière-garde. Immédiatement devant elle marchait madame Reine, escortée de
ses deux hommes d'armes, et formant groupe avec la famille
du sire du Dayron. Ce n'est pas notre faute si la figure de
madame Reine s'efface de plus en plus à mesure que s'avance
notre récit. Elle était là cependant, à quelques pas du théâtre
de ses anciens exploits, tout près des grèves où elle avait bravé
jadis les hommes d'armes et la mer. Mais si vous l'aviez vue,
presque aussi roide sur sa haquenée que dame Josèphe elle-
même ! Que dire d'une femme qui n'est plus fée des Grèves,
et qui ne tient pas encore cour plénière pour juger les actions
perverses d'un faucon? Elle avait laissé son trousseau de clés

au manoir du Roz; elle savait Jeannin absent pour le service ducal : elle connaissait la résolution prise par Jeannine d'entrer au couvent; elle n'avait même plus cette physionomie que donne l'inquiétude maternelle. Un mois de ce repos, et madame Reine prenait l'embonpoint des veuves qui ont assez pleuré.

A quoi pensait-elle? Certes on ne peut répondre : « à rien ». Elle pensait à Aubry, son bien-aimé fils, qui allait peut-être coucher la lance au tournoi. Que n'avait-il l'adresse et la vigueur de Jeannin, ou la grâce suprême de messire Olivier? Qu'était-ce ce messire Olivier? Un problème. On se fut occupé d'Aubry davantage si Aubry eût été un problème. Madame Reine désirait que l'on s'occupât d'Aubry. Qui donc lui avait dit que Jeannin serait peut-être chevalier? Au cas où Jeannin fut devenu chevalier... Certes, certes, madame Reine pensait; elle pensait beaucoup. Il y avait deux bœufs à tuer au manoir du Roz, l'un plus gras, l'autre qui boitait. Bœuf qui boite est comme poire blette : il faut se hâter. Cette année, les redevances étaient en retard. Faudrait-il une dot à Jeannine pour la cloîtrer? Madame Reine n'était point avare : l'argent nécessaire on le trouverait. Mais que de dépenses, Jésus ! quand allait venir la noce du messire Aubry avec Berthe de Maurerever ! Et la guerre ! On en parlait. Le domaine de l'Aumône était bien exposé : ces biens qui sont aux frontières, c'est une mine de soucis. Pour les présents de noces, on pouvait vendre la tenance de Saint-Jean ou emprunter sur les biens de Kergariou en Saint-Brieuc. Chevalier, ce Jeannin ! comment le remplacer? Au retour, mander les maçons pour la muraille de l'écurie qui se lézardait : tout s'use. Et voir à la cave, parce que le sommellier était à caution. Ce Jeannin, chevalier !

Vous voyez bien que madame Reine pensait. Quand ses voisins lui parlaient, elle répondait en outre fort sensément. Mais si quelqu'un plaisantait par hasard, elle devenait triste. Pour la faire sourire, il eût fallu le carillon doux et cher de ses clés.

Dame Josèphe était trop loin de nos jeunes gens; elle avait

mal vu. Berthe n'était point entre Olivier et Aubry; elle chevauchait auprès de Jeannine. Aubry et Olivier causaient ensemble. Aubry était soucieux.

— Ce devait être un rêve, dit-il à voix basse et en regardant tout autour de lui pour voir si personne n'était à portée de l'entendre.

— Ce n'était point un rêve, répliqua messire Olivier; vous avez vu seulement ce qui était hors de la portée de vos yeux, comme on fait avec ces tubes d'invention nouvelle qui servent à la science astronomique. Pour vous, la mer et les grèves ne s'étaient-elles jamais changées en magiques miroirs, réflétant des merveilles inconnues;

— J'avais vu le Mont dans les tangues, à l'heure où la brume lutte contre les premiers rayons du soleil, le Mont renversé et plongeant la statue de son Archange au plus profond des sables... Mais ces tableaux mobiles, ces magnificences impossibles, cette féerie qui semble inventée par le délire... Enfin, tout ce qui a frappé mes yeux éblouis, qu'était-ce?

— Hélion! prononça messire Olivier; Le mirage n'a fait que rapprocher de vous la ville des merveilles.

Berthe et Jeannine allaient silencieuses. Jeannine avait les habits d'une bourgeoise, ce qui était trop beau pour elle, au dire de la grosse Javotte, son ennemie; Berthe portait ses plus nobles atours. C'était Javotte qui avait agrafé son corsage et natté ses cheveux blonds. Parmi les damoiselles appelées à faire l'ornement des joutes, Javotte défiait bien quiconque d'en trouver une mieux accommodée et coiffée que Berthe de Maurever.

Les deux jeunes filles ne s'étaient point parlé depuis l'heure du lever. Quand on s'était mis en route, Berthe avait fait signe à Jeannine d'approcher : c'était tout. Jeannine était pensive et triste; elle évitait les regards d'Aubry, qui constamment cherchaient les siens; elle ne s'apercevait même pas que l'œil de messire Olivier se fixait à chaque instant sur elle. Berthe avait le hennin des filles nobles, et du haut de cette coiffure un long voile tombait. Quand le vent soulevait les

plis du voile, on voyait Berthe pâle et changée, perdant son
regard fixe dans le vide. Il y avait dans ses yeux une sorte
d'égarement. Elle cherchait Aubry comme Aubry cherchait
Jeannine. Quand elle rencontrait la flamboyante prunelle du
baron d'Harmoy, tout son être semblait éprouver une souffrance.

Ceux que la cavalcade dépassait disaient : Voilà deux belles
jeunes filles qui ont trop fatigué cette nuit à la fête du Dayron.

Trop de fatigue en une fête, cela veut dire trop de joie.

— Jeannine, dit enfin Berthe dont la voix tremblait, il
n'a de regards que pour toi, et je me sens condamnée.

— Vous avez voulu que je vous accompagne, demoiselle,
répliqua Jeannine; moi, je ne le voulais point.

— Il me fallait connaître mon sort, ma fille.

— Votre sort est d'avoir la foi d'un chevalier, demoiselle.
Aubry vous aimera...

— Quand tu ne seras plus là, n'est-ce pas, Jeannine?...
Eh bien ! Cette affection humiliante dont je n'aurais pas voulu
hier, aujourd'hui je l'accepterai, car j'ai peur !

Elle prit la main de Jeannine et la serra fortement. La route
tournait. Le cheval du baron d'Harmoy s'était trouvé un
instant auprès de celui de Berthe, et la voix d'Olivier avait
murmuré tout contre l'oreille de la noble fille :

— Si je veux, il vous aimera !

XII

AVANT LA PASSE D'ARMES

—- Si je veux, il vous aimera ! Berthe serra la main de Jeannine, mais elle ne lui dit point ce qu'elle avait entendu.

Il se fit un grand mouvement dans la foule; des cris s'élevèrent de toutes parts. Sur la gauche, le cortège ducal passait au trot des chevaux de bataille; sur la droite, le roi et ses chevaliers descendaient au pas en solennelle cérémonie. Les Bretons inclinèrent la lance, comme c'était leur devoir, et prirent les devants aux acclamations de la cohue.

Presque aussitôt après, un nuage de poussière annonça l'approche d'un troisième cortège. Celui-ci était composé d'hommes aux cuirasses brunies. Ils allaient au galop. Au-dessus de leur escadron serré, la bannière rouge et or du comte Otto Béringhem flottait.

— Messire Aubry, dit Olivier au moment où sortaient du nuage les armures des chevaliers de Chaussey, avez-vous confiance en moi?

— Pourquoi cette question, messire?

—- Parce que j'ai pour vous l'affection d'un frère aîné. Je vous veux faire heureux en gloire comme en amour.

— Grand merci !... commença Aubry avec la suffisance rogue de ses dix-huit ans.

Il ne se souvenait point des coups de gaule de la quintaine.

— J'ai besoin de rejoindre présentement le cortège du roi, reprit le baron; veuillez m'écouter avec attention. Quand vont s'ouvrir les joutes, vous ne me reconnaîtrez point sous mon armure, et nous serons sans doute en deux camps opposés, vous, Breton, moi suivant la cour de France. En mes voyages lointains, j'ai vu beaucoup et j'ai acquis un peu. Je possède deux lances dont le choc est irrésistible : en voulez-vous une?

Aubry était brave autant que vaniteux. Au premier moment, la bravoure et la vanité furent d'accord en lui pour refuser, mais son regard tomba sur Jeannine. Jeannine l'avait vu si souvent trébucher sous le bâton de l'Anglais, et si souvent il avait dit : Quand j'aurai un adversaire de chair et d'os à la place de ce coquin de bois, les choses iront autrement ! Jeannine allait être là. Quel crève-cœur de tomber vaincu devant Jeannine !

— Serez-vous discret? demanda Aubry en rougissant.

— Sur l'honneur, répondit messire Olivier.

— La vanité l'emportait. Aubry consentit à emprunter la lance irrésistible. L'escadron des chevaliers des Iles n'était plus qu'à une centaine de pas.

— Hélion ! Hélion ! criaient-ils en fendant la cohue.

— Dans la lice, reprit messire Olivier, un écuyer s'approchera de vous et vous remettra la lance. Avec elle vous gagnerez la couronne... Un dernier mot : cette lance ne peut rien contre le seigneur des Iles, que vous reconnaîtrez à la banderole portant ces mots : *A la plus belle !*...

Les chevaliers de Chaussey passaient. Dans le mouvement qui se fit, messire Olivier disparut. Berthe laissa échapper un cri. Avant de disparaître, messire Olivier avait glissé à son oreille ces mots qui pour elle complétaient les paroles déjà prononcées.

— Je suis le maître des enchantements !

Berthe chancela sur sa selle. Naguère cet homme avait enivré Aubry avec une goutte de la liqueur contenue dans sa gourde; ici, il n'eut besoin que d'une parole.

8

— Ne me quitte pas, dit Berthe à Jeannine. Regarde-moi ! voit-on la folie dans mes yeux? Je crois que Dieu m'abandonne !

Montjoie ! Saint-Denis ! La grève immense se montrait derrière les haies de troënes blancs : on allait dépasser la ligne des derniers champs, plantés de pommiers moussus. La mer montait dans les nuages à l'horizon et, sur la droite, le mont Saint-Michel, inondé de lumière, se dressait sur son roc au-devant de la ville d'Avranches.

C'était là une arène ! Cancale était témoin, de l'autre côté de la baie; Cherrueix, le Roz, Saint-Jean, les Quatres-Salines, le Mont et Tombeleine, et la Rive, et Avranches, et Genest, et toute la côte normande. Rien ne bornait le regard. Les vaisseaux qui cinglaient au large pouvaient contempler les joutes.

O pudeur ! nous qui avions ces grands tableaux à peindre, nous avons décrit la Grenouille ! Au lieu de la fresque monumentale, notre pinceau, qui est un charbon, a croqué une pochade ! Dieu merci ! il est temps encore, écrasons la craie vile sous notre talon indigné, trempons la brosse dans de nobles couleurs. Arrière Marcou ! Gabillou ! arrière, marauds et patauds ! croquants et manants, arrière ! on ne vous connaît plus !

Dame Josèphe de la Croix-Mauduit, voilà une digne silhouette ! le portrait de cette douairière nous fera pardonner, ayons-en l'espoir, bien des Mathurin et bien des Goton.

Dame Josèphe avait mis son cheval au pas de l'escorte du roi. Elle guettait l'occasion de lancer à propos au souverain trois ou quatre révérences de dignité première.

— Car, expliquait-elle à Bette, sa suivante, on peut diviser les honneurs en simples courtoisies et en hommages effectifs. Les courtoisies n'engagent point, et je soutiendrai contre quiconque prétendra faussement le contraire que, ce faisant, je ne manquerai en rien à mes devoirs envers monseigneur François, duc de Bretagne.

L'escorte du roi avait le tort de n'accorder aucune espèce

d'attention à dame Josèphe de la Croix-Mauduit. L'escorte du roi se tenait un peu à l'écart de la foule. Le roi marchait au centre de sa garde écossaise; on ne le voyait point.

Le champ-clos, préparé à grand renfort de madriers et de poutres, était situé à quatre ou cinq cents pas des dernières haies, en grève même. Du champ-clos à la rive, c'était une pente douce, couverte de galets et formant amphithéâtre. A l'opposite, au contraire, le plan de la grève cédait légèrement et n'eût point permis aux spectateurs de se placer avec avantage. Aussi la foule se massait-elle déjà sur les galets, entre l'arène tracée et la terre ferme. Il y avait à cela un autre motif que la commodité. L'estrade royale et les amphithéâtres étaient établis du côté de la mer, en dehors; le spectacle curieux était là principalement.

Il pouvait être dix heures du matin. Tout annonçait une magnifique journée d'été. La brise fraîche venait du large et guérissait des ardeurs du soleil caniculaire. La mer calme et bleue achevait son reflux à plus d'une lieue en deça dans les grèves. Elle allait venir, on le savait bien, mais plus tard et quand la fête serait achevée. Cette menace du flux qui allait, dans son inflexible exactitude, chasser ensemble roi, ducs, chevaliers et bonnes gens, était un attrait de plus et donnait du prix à chacune des minutes de cette journée.

Tandis que la foule augmentait sans cesse sur le galet et partout où la grève offrait un semblant de pente, les estrades se garnissaient plus lentement.

Au xvᵉ siècle, on avait déjà fait cette remarque, à savoir que les gens pourvus de palefrois ou de haquenées sont toujours en retard sur le fretin qui va sur ses jambes. On se plaçait, non sans discussions graves, car l'honneur était en jeu : les bancs qui avoisinaient l'estrade royale échauffaient l'ambition de toutes les petites chatelaines conviées, faute de mieux, à la solennité. Il faut bien le dire, la partie féminine de l'assemblée n'était pas en rapport avec l'importance de la cérémonie. Le roi avait laissé la reine au château d'Amboise; la duchesse de Bretagne était à Nantes, les duchesses de Bourbon et de Guyenne restaient en leurs apanages. Sans la dame de Torcy, femme du sire d'Estouteville, la haute chevalerie n'eût point été représentée. La dame de Torcy, grasse et puissante Normande, valait, il est vrai pour le poids, plusieurs reines et nombre de duchesses. Elle était de Caen, patrie de la belle chair, ferme et entrelardée; elle était grande, rouge, robuste; elle faisait honneur à ces magnifiques pâturages dont le Calvados est fier si justement.

A part ce plantureux produit de la Neustrie fertile, on voyait, près du trône, deux dames voilées dont personne n'eut su dire les noms. Le duc de Guyenne vint leur rendre ses devoirs avant de prendre place parmi les chevaliers du nouvel ordre. Les personnes très bien informées des petits mystères du temps supposèrent que ces deux belles voilées étaient mesdames d'Étampes et de Montsoreau.

A droite et à gauche du trône, un peu en arrière, quatorze stalles étaient réservées aux chevaliers de Saint-Michel. Au-dessus s'élevait, sous le dais royal, l'estrade destinée à l'abbé, aux deux prieurs et aux principaux dignitaires du couvent. Devant le roi, cinq sièges étaient occupés par deux archevêques. Là finissait le dais royal.

Il y avait trois autres dais, dont un pour les dames. Sous celui-là trônait la forte Estouteville en compagnie d'autres châtelaines et damoiselles de bonne et obscure noblesse normande.

Le second dais couvrait une estrade destinée au duc François de Bretagne et à sa suite. Cette estrade était vide. Sous le troisième dais se tenait la maison du roi.

Les officiers du nouvel ordre, le chancelier, qui était un prélat, le greffier, le trésorier, le héraut qui avait nom Mont-Saint-Michel, occupaient le premier rang sous le dais de la maison du roi.

La grande estrade royale était tendue de velours aux couleurs de France, ainsi que la quatrième. La seconde, où étaient les dames, avait une tenture écarlate rehaussée d'or. Celle du duc de Bretagne, drapée de velours plus sombre, avait des écussons en broderie d'hermine. Les choses étaient bien faites.

Quant aux gradins communs qui occupaient tout le côté septentrional de l'arène, on les avait tendus de serge et c'était encore trop bon pour la mer qui allait passer dessus. Le côté méridional n'avait que deux ou trois rangs de bancs de bois posés sur le sol même. Encore fallait-il être Louis XI pour songer à asseoir Jacques Bonhomme, si mal que ce fût, en ce temps-là.

L'arène était de forme elliptique très allongée. Il y avait quatre tentes, situées deux par deux aux extrémités de l'ellipse. L'une de ces tentes appartenait aux ordonnateurs du tournoi, les trois autres aux champions. Dès le début, et même avant d'entrer dans les tentes, les champions se divisèrent en deux camps bien distincts, séparés par toute la longueur des lices. Les Bretons tenaient l'extrémité occidentale; à l'est se tenaient les Français et les gens de Chaussey, non point réunis, mais rapprochés. Le roi put remarquer avec inquiétude que la suite de son frère et cousin bien-aimé François II était presque une armée. Les Bretons étaient plus nombreux que les deux autres troupes mises ensemble. Ils se tenaient à cheval et en bon ordre, graves, nous pourrions dire menaçants. Leur escadron serré semblait là pour une bataille et non pour un tournoi. A leur tête était le duc en personne; du moins le chef portait le cimier de Bretagne. Les curieux allaient se dédommager de l'absence des dames : un souverain en champ-clos ! cela ne se voyait point tous les jours.

Ajoutons que la renommée ne représentait point François II sous ce chevaleresque et belliqueux aspect. On parlait de son hanap profond, non point de sa longue lance. Rien de beau comme ces fiers démentis donnés en face à la renommée !

Les trompettes sonnèrent. La garde écossaise du roi Louis sortit de la première tente; les trois quarts des archers environ vinrent se ranger sous le trône; le reste demeura autour de la tente pour vaquer au service du camp. La cavalcade

venue de l'hôtel du Dayron avait pris place tout près de l'estrade ducale sur les gradins publics. Dame Josèphe eût trouvé
plus convenable qu'on la mît sous le dais, mais les officiers
de la cérémonie n'avaient point été de son avis. Le dais attendait le duc; le duc ne vint point, durant toute la passe
d'armes le dais ne recouvrit que le velours de l'estrade.

Dame Josèphe obtint que Bette, sa suivante, et maître
Biberel, son ecuyer, se tiendraient debout à ses côtés. On lui
concéda licence d'avoir ses deux vieux chiens sous ses pieds
et son vieux faucon sur le poing. Le vieux faucon, rendu à
de meilleurs sentiments, n'avait rien fait de nouveau depuis
sa dernière inconvenance. Dame Josèphe avait lieu d'espérer
qu'il ne confondrait plus désormais son poing vénérable avec
le perchoir. Auprès de maître Biberel debout, Berthe s'asseyait;
le sire du Dayron était entre elle et madame Reine. Jeannine
avait trouvé place immédiatement au-dessous de Berthe, sur
le dernier gradin qui bordait l'arène.

Au son de la trompette, un mouvement se fit dans les
divers groupes d'hommes d'armes. Berthe toucha l'épaule
de Jeannine.

— Le voilà ! dit-elle.

Jeannine l'avait déjà vu. Il était au second rang des champions de Bretagne. En ce moment même sa lance s'inclinait
pour saluer de loin Mme Reine, qui lui envoya un baiser.
Jeannine, la pauvre fille qui n'avait pas le droit de sourire,
baissa ses yeux humides : Berthe agita son mouchoir brodé.

— Voyez comme il vous regarde, belle petite, lui dit
Mme Reine par-dessus l'épaule du sire du Dayron.

Aubry regardait Jeannine.

Un grand cliquetis de fer eut lieu à l'autre extrémité du
champ-clos. Berthe se retourna.

— Le voilà ! dit-elle encore, mais cette fois tout au fond
de sa conscience et avec une muette terreur.

Messire Olivier, armé de toutes pièces, mais le visage décou-
vert, caracolait parmi les chevaliers du roi. Il s'inclina gracieusement vers Berthe qui, à son tour, baissa les yeux.

Jeannine regardait une chose étrange. Son père était là-bas, sur les derrières de l'escadron ducal; Jeannine reconnaissait bien son cheval et son armure, mais elle ne reconnaissait point sa mâle prestance. Le bon écuyer se tenait en selle mollement et sans grâce, lui, le meilleur homme de guerre qui fût du côté gauche du Couesnon !

— Messire, disait Mme Reine au sire du Dayron son voisin, aviez-vous ouï rapporter que notre seigneur le duc eût si belle mine?

— Non, en vérité, noble dame, répondit le riche châtelain.

Mme Reine soupira.

— En ma vie, murmura-t-elle, je n'ai rencontré que deux hommes d'armes comparables à notre seigneur le duc : feu messire Aubry, mon époux et...

Elle allait ajouter le nom de Jeannin, et ce n'était que justice, quand son regard tomba par hasard sur le bon écuyer. Elle se frotta les yeux et crut rêver. Jeannin n'était plus lui-même. On eût dit qu'un autre corps était entré dans son armure.

En ce moment messire Aubry l'abordait. D'ordinaire la prestance de Jeannin mettait bien bas le jouvenceau; mais aujourd'hui le jouvenceau faisait honte à l'homme d'armes. Ils disparurent tous deux dans les rangs. Mme Reine se dit :

— J'ai mal vu.

— Ami Jeannin, disait là-bas Aubry en tendant la main au bon écuyer, tu m'as abandonné durant ces deux jours et j'ai fait bien des choses que je n'eusse point faites peut-être si j'avais eu tes conseils.

Jeannin toussa. Aubry le regarda mieux.

— Es-tu malade? demanda-t-il en se reculant sur sa selle.

— J'ai soif, répondit Jeannin.

— Comme ta voix est changée, ami ! reprit Aubry; j'espère que tu n'entreras point en lice dans l'état où te voilà.

— Nenni donc ! répliqua Jeannin avec empressement.

— Bien tu feras !... je viens te demander avis.

— C'est boire que je voudrais, interrompit l'écuyer.

Jeannin était la sobriété même. Aubry pensa :

— Il faut que les fièvres le brûlent pour songer à boire en un moment pareil.

— L'avis que je voulais te demander, ami, reprit-il, le voici. Depuis hier, par suite de circonstances que je te raconterai plus tard en détail, je me suis trouvé en rapport avec un homme qui semble posséder un pouvoir surnaturel. J'ai vu des choses qui dépassent croyance.

Jeannin bâilla dans son casque.

— Pauvre ami ! fit Aubry, je ne te vis jamais ainsi.

— Où diable trouverai-je à boire? demanda Jeannin.

— Je ne sais. Veux-tu que je t'envoie quérir de l'eau.

— Fi donc !

— Cet homme dont je te parle, écoute-moi bien, ami, le cas est grave ! cet homme m'a témoigné de l'amitié. Il n'est pas de bonne vie et parle avec légèreté des choses saintes, mais il veut que je sois vainqueur et m'a fait remettre tout à l'heure cette lance que je tiens à la main; cette lance est fée.

— Bah ! fit Jeannin qui se mit à rire.

La veille, il eût fallu bien autre chose vraiment pour faire rire le bon écuyer ! Aubry tombait de son haut.

— Penses-tu, demanda-t-il encore pourtant, que je puisse loyalement combattre avec cette lance à laquelle nul ne peut résister?

Jeannin lui mit rondement la main sur l'épaule.

— Mon petit seigneur, dit-il, entre dans cette tente et va me chercher une tasse de vin frais. Tâche qu'elle soit large, profonde et pleine, je te dirai ensuite mon opinion sur ta lance qui est fée.

XIII

COURONNE PARTAGÉE

Au midi de l'enceinte, sur la pente douce des galets, la cohue était au grand complet, une cohue libre et à l'abri de ce frein que nos polices modernes passent dans la gueule du monstre : une cohue sans gêne, la bride sur le cou, livrée à elle-même, bonne fille, mais quinteuse, gaie, mais vive et braillarde, un peu ivre, très querelleuse et naturellement portée vers la dévotion des plaies et bosses. Il y avait des Normands et des Bretons, des jeunes et des vieux, des filles et des gars pêle-mêle. De-ci, de-là des ânes, des bidets, des charrettes attelées, engins de discordes ! En effet, les propriétaires de ces bidets, ânes et carrioles, voulaient monter dessus pour mieux voir; ceux qui étaient derrière ne voulaient pas. De là d'épiques bagarres qui jonchaient le sol de débris de coiffes, de lambeaux de vestes et de poignées de cheveux. Liberté, liberté chérie ! voilà comme quoi sans le savoir vous enfantâtes les gendarmes !

Après cela, une fête où l'on ne se prend pas aux cheveux est-elle une bonne fête?

Catiolle, la mareyeuse, et Huguet, l'archer, avaient uni leurs épaules complaisantes. Le nain Fier-à-Bras s'asseyait dessus. Du haut de ce trône, où il achevait de grignotter une tourte d'Ardevon, Fier-à-Bras pérorait

— Voyez ! disait-il, voilà un duc ! Je suis son échanson. Ceux qui voudront ma protection n'ont qu'à parler ! Est-ce le roi Louis XI qui monterait ainsi à cheval? Notre duc gagnerait sa vie à être homme d'armes !

Un murmure courait dans la foule, et c'était un murmure d'admiration. Les qualités physiques produisent une grande impression sur le vulgaire. Ce duc François, tel qu'on le voyait ici, était en conscience, le plus beau soldat de son armée.

— Et vous allez voir comme il joue de la lance ! reprenait le nain qui souriait, on ne savait pourquoi; je suis son échanson, je connais ses talents. Tenez, le sixième chevalier après le duc, c'est le sire de Coëtquen, mon ancien seigneur. Je n'ai point de mal à dire de lui : bel éloge pour un maître. Holà ! Marcou ! Mathurin ! Pélo ! Tous les gens de Kergariou ! Voyez un peu là-bas, maître Jeannin qui a la colique !

Il y eut un grand éclat de rire. En ce moment même, Aubry apportait au pauvre écuyer une coupe pleine de vin.

— Je vis autrefois le duc François à Nantes, dit Mathurin sans dents; sur ma part de paradis, il n'était pas de moitié si gaillard que cela ! Vous parlez de Jeannin : le duc ressemblait à Jeannin pris de colique, et, ce jourd'hui, le duc ressemble à Jeannin bien portant.

Mathurin sans dents obtint une huée de la foule, et trois bourrades de Goton, sa femme, à qui il faisait honte.

— Voilà ce qui arrive à ceux qui disent la vérité trop vraie, vieil homme ! murmura Fier-à-Bras; écoutez-moi, vous autres, si vous voulez savoir du nouveau : j'ai occupé un logis dans la salière du roi Louis, et je sais comme il parle à son compère Olivier le Dain. Y en a-t-il un seul qui se puisse vanter d'avoir vu faire la barbe au roi? Ah ! ah ! j'ai préféré ce matin l'honneur à la fortune, et je ne m'en repens point. Hier, vous me croyiez rôti; de l'épreuve du feu je suis sorti grand seigneur. Bretagne-Malo ! Bretagne ! criez un peu pour empêcher les Normands de nous assourdir avec leur Montjoie ! Saint-Denis !

Une clameur générale, formée des deux cris de guerre rivaux, s'éleva au-dessus de la foule. Les trois escadrons qui

étaient en lice s'ébranlaient à la fois pour faire le tour de
l'enceinte. Les sergents d'armes venaient de suspendre aux
poteaux les écus de France et de Bretagne. Les trompettes
sonnaient des fanfares. C'était enfin la première scène du
drame si longtemps attendu. Les trois groupes de chevaliers
passèrent tout à tour devant le trône, et Louis XI agita la
main bien gracieusement quand les Bretons le saluèrent; si
gracieusement, que le duc de Guyenne dit tout bas à Chabannes, son voisin :

— Mon cousin, il y a vipère sous roche.

Mme Reine rougissait de plaisir, en voyant la belle mine de
son fils Aubry. Le sire du Dayron lui fit son compliment de
bon cœur. En vérité, messire Aubry se tenait comme il faut,
et il était facile de voir que le duc de Bretagne le remarquait.
Le duc s'était déjà retourné plus de quatre fois pour le mieux
voir. En revanche, l'écuyer Jeannin, qui restait avec ses
pareils au bout de la lice, ne semblait faire aucune attention
à son jeune maître.

Mais n'était-ce pas assez de Mme Reine, de Berthe, de
Jeannine et de François de Bretagne, pour s'occuper de messire Aubry?

On vit tout à coup des pages sortir de la tente du roi. Ils
vinrent suspendre, à quinze pieux en terre, quinze écussons,
dont les quatorze premiers furent reconnus pour appartenir
aux nouveaux chevaliers de saint Michel. Le quinzième était :
de sable à la croix arrachée d'argent; un cimier de comte le
timbrait et il portait pour devise : *A la plus belle!*

— Étourneau que je suis ! s'écria Fier-à-Bras, j'avais oublié
de vous dire que l'Ogre des Iles était présentement cousin du
roi Louis et chevalier de saint Michel, au lieu et place de
François de Bretagne. Mais patience ! avant que vienne le
flux, s'il plaît à Dieu, vous en verrez bien d'autres !

Après avoir fait parade autour de l'arène, salué le roi,
salué les dames, les trois troupes de chevaliers reprirent leurs
places premières. La joute commença par cette suite de duels
muets et brillants où chaque homme d'armes ne donnait qu'un

coup de lance. Messire Olivier courut visière levée et désar-
çonna son adversaire : il fut le premier applaudi; mais le regard
des dames le perdit presque aussitôt dans la foule des champions, et, depuis lors, on le chercha en vain. Quelques minutes
après, en revanche, on vit paraître un chevalier couvert d'une
armure noire, sur laquelle les clous d'acier poli brillaient comme
autant de diamants. Ce chevalier montait un cheval noir du
Perche, d'une force extraordinaire. Il avait la visière baissée,
et la banderolle rouge qui flottait au bout de sa lance, portait,
en lettres d'or, ces mots : *A la plus belle !* Le roi Louis XI fit
un mouvement à sa vue. Les dames chuchotèrent. Le nain
Fier-à-Bras, baissant la voix malgré son effronterie, prononça
le nom de l'Homme de Fer. Ce nom courut aussitôt de bouche
en bouche dans la foule des bonnes gens échelonnés sur le
galet. La cohue se prit à onduler comme une mer.

L'Homme de Fer se mit à la tête des chevaliers des Iles.
Son cheval et lui demeurèrent immobiles. Vous eussiez dit
une statue équestre coulée en bronze noir.

Le second qui fit un beau coup de lance, fut messire Aubry
de Kergariou. Et Dieu sait si Mme Reine triompha, l'heureuse
mère ! Aubry n'ayant pu obtenir réponse de Jeannin, là-bas,
au bout de la lice, avait gardé la lance que messire Olivier
lui avait fait remettre. Le sort le plaça en face d'un grand
gaillard de Flamand qui vint sur lui au trot d'un cheval
d'Alsace, lourd comme un éléphant, Aubry, à tout hasard,
coucha la fameuse lance. Comme il se souvenait des nombreuses
défaites subies par lui dans ses combats malheureux contre
la quintaine, il n'espérait pas beaucoup. Sa lance toucha
le Flamand; le Flamand fut enlevé hors des étriers et roula
sur le sable, au grand contentement de l'assemblée.

Aubry baissa la tête. L'élément viril naissait en lui, car
il n'osa regarder ni Jeannine, qui avait les larmes aux yeux,
ni sa mère, qui battait des mains, ivre d'orgueil. Sa lance le
brûlait; il avait honte de sa victoire. On mûrit vite à ces
heures solennelles, sous le regard de ce grand juge qui s'appelle
le monde. Aubry sentit sa conscience au bruit des applaudisse-

ments qu'il n'avait point mérités. Il s'enfuit au dernier rang des chevaliers bretons, et cassa sur son ᵍnou l'arme déloyale.

A dater de cette heure, Aubry était homme : son père mort avait un fils digne de lui.

Aubry prit une autre lance et attendit.

Les chevaliers bretons et français continuaient de courir. Dame Josèphe de la Croix-Mauduit saisit ce moment pour travailler d'autant à l'éducation de Bette et de maître Biberel.

— Une chose remarquable et hors de doute, dit-elle, c'est qu'au mois d'août, le soleil du temps jadis éclairait davantage. J'en puis parler puisque je l'ai vu. A quoi sert maintenant de connaître à fond la belle science des honneurs et hommages? Les souverains dédaignent ce qui fait leur grandeur. M'a-t-on seulement donné l'occasion d'offrir au duc, une pauvre révérence de dignité première? J'ai grand'pitié de tout cela. Et qu'est-ce que c'est que ces armures qui ne reluisent point? Je ne vois ici qu'un progrès, c'est en la personne de la dame de Torcy, qui est large comme deux châtelaines d'autrefois. Quant aux chevaliers, ils ont diminué de moitié. Je pense que leurs destriers boitent. Voyez ceux-ci qui courent l'un contre l'autre : n'ont-ils point frayeur de s'estropier? Comment nommez-vous celui qui tient pour Bretagne, maître Biberel?

— René de Châteaubriant, répondit le vieil écuyer.

— Je l'ai connu ! je l'ai connu ! s'écria vivement la douairière; il était au mariage du duc François Iᵉʳ avec Mᵐᵒ Isabelle d'Écosse : un grand brun, manchot du bras gauche, pour la blessure qu'il reçut devers Moncontour.

— Celui-ci a ses deux bras, noble dame.

— Ce sera son fils, peut-être, fit dame Josèphe qui soupira; je vis son fils au couronnement du duc Pierre : plus petit, un peu bossu de naissance...

— Noble dame, celui-ci est droit comme un I.

La douairière laissa échapper un second et plus gros soupir.

— Serait-ce déjà son petit-fils? murmura-t-elle; le temps va vite !

— Tant il y a, poursuivit-elle cependant en reprenant

courage, qu'à la passe d'armes du 9 juin 1434, donnés en la place des Lices, à Rennes, du temps du duc Jean V, par le grand connétable Arthur de Richemont, je fus choisie pour dame de beauté. Je venais d'épouser en secondes noces Jacques Trublet, chevalier, seigneur de la Croix-Mauduit et autres lieux; j'allais sur ma trente-cinquième année; mais nous gardions alors, à ce âge-là, tout l'éclat de la première jeunesse. Je me souviens que je fis au connétable trois révérences de dignité seconde, en ajoutant le passe-pied, pour le sang ducal dont il était. J'eus son bras, je dis le bras de M. le connétable, pour aller au château de la Tour-le-Bât où était la collation servie. Et je me souviens qu'au deuxième service, y compris le relevé, j'eus l'occasion...

— Regardez, noble dame, regardez ! s'écria maître Biberel, qui se penchait en avant.

Bette joignit les mains et resta bouche béante.

— Qu'y a-t-il donc? demanda la douairière; on n'y voit presque point ici, et nous aurons bientôt la brune en plein midi !

Hélas ! le soleil ruisselait sur le sable d'or, et les armures partout étincelaient. Ce n'était pas le monde qui vieillissait, mais bien les yeux de dame Josèphe. Heureusement pour les douairières qu'on allait bientôt inventer les besicles.

Ce qui avait motivé le cri de maître Biberel, c'était le choc terrible de deux chevaliers, qui avaient jeté leurs tronçons de lance pour prendre la hache d'armes. On n'en était plus aux bagatelles. La joute sérieuse s'entamait. Les deux chevaliers combattaient pour la couronne d'or émaillé que la dame de Torcy tenait à la main, et, en ce moment même, les hérauts, désignant le prix à haute voix, exhortaient les deux champions à bien faire.

Il n'était pas besoin. L'un des deux champions, dont l'écu n'avait ni armoiries ni devise, avait fourni la course à la lance en hommes d'armes consommé. On disait autour de l'enceinte que c'était Jean, comte de Dunois; l'autre était l'Homme de Fer. Tous deux y allaient de franc jeu; leurs armures faisaient feu sous la hache, et les débris de l'acier jonchaient déjà le sol. Un coup de marteau, asséné à deux mains par Dunois, jeta l'Homme de Fer hors des arçons; Dunois mit pied à terre; sa hache faussée, lui laissa au coup suivant, son manche dans la main. L'Homme de Fer lança la sienne au loin aussitôt. Cet ogre savait et pratiquait les lois de la courtoisie chevaleresque.

Ils dégainèrent en même temps et vinrent l'un contre l'autre, l'épée haute. Le souffle de la foule s'enflait comme un murmure. Au loin, vers le nord, un autre murmure répondait : c'était la mer qui commençait à monter au bas des grèves.

L'Homme de Fer et Dunois s'attaquèrent de pied ferme. Ce fut une belle lutte, les plus vieux chevaliers en convinrent, et Marcou regretta qu'on ne fît point tirer la Grenouille à ces deux robustes compagnons. Au bout d'un quart d'heure, Dunois tomba sur ses genoux, et ses cheveux blancs s'échappèrent en longues mèches de son casque fendu.

— Jean, mon ami, dit Louis XI en riant méchamment, tu as fait de ton mieux, mais tu n'as pas de bonheur !

L'Homme de Fer avait relevé son épée sans frapper; les trompettes sonnèrent. Louis XI fit un signe; le roi d'armes jeta son bâton fleurdelisé entre les deux combattants. Dunois, soutenu par Jean de Pîœuc et Coëtivy, regagna l'extrémité occidentale de la lice. La foule applaudissait et criait.

L'Homme de Fer, entouré des chevaliers de France, s'approcha de l'estrade qui fléchissait sous les beautés volumineuses de la dame de Torcy. Il salua le roi et les princes. La dame de Torcy s'appuya contre la balustrade et lui tendit la couronne qu'il reçut genou en terre. Puis il se remit en selle pour faire comme c'était la coutume, le tour de l'enceinte.

— Visière levée; visière levée ! cria la foule qui était dans son droit.

Cette parade autour de l'enceinte n'était, en effet, que pour montrer le visage du vainqueur.

L'Homme de Fer s'arrêta comme s'il eût hésité.

— Belles dames, dit le roi Louis XI à ses voisines, il nous

faut ici votre aide. Le comte Otto Béringhem a fait un
vœu. Son casque ne s'ouvre qu'au commandement des
dames.

— Visière levée ! seigneur comte ! ordonnèrent aussitôt
trois ou quatre douces voix, que domina la voix mâle de la
dame de Torcy.

La foule applaudit et cria. L'Homme de Fer leva la visière
de son casque.

La foule s'attendait à frémir. Elle avait deviné, derrière
cette grille fermée, le visage de l'ogre, c'est-à-dire quelque chose
de terrible et de hideux : une barbe hérissée, une bouche large,
armée de dents de loup, deux charbons ardents au fond de
deux orbites caves. Celui-là était le mécréant, le sorcier, qui
changeait en or le sang des enfants et des femmes !

Nous faisons-nous bien comprendre? La fantaisie populaire
est pleine d'étranges subtilités. Celui-là pour la foule, était
tout ce que nous disons, mais avec la condition du doute
qui laisse place à je ne sais quelle admiration au milieu de
l'horreur. Un voile mystérieux entourait les crimes du réprouvé.
Le monstre faisait peur et non point dégoût, puisque la foule
venait de l'applaudir. La foule ne savait pas. Jamais la foule
ne sait. Cet homme la mettait en fièvre, et l'incertitude profonde
où l'on restait à son égard le grandissait à la taille d'un géant.
Depuis une demi-heure son nom circulait de groupe en groupe,
son nom redouté; les femmes frémissaient rien qu'à l'entendre,
et le cœur des hommes battait; mais c'étaient des rumeurs
et rien de plus. Sur vingt rumeurs qui glissent ainsi dans la
cohue, y a-t-il seulement une vérité? Pas souvent. Ceux-là
mêmes qui affirment ne croient pas.

La parole du roi Louis XI sanctionnant tout à coup les bruits
vagues, en donnant raison à l'émoi de chacun, était déjà un
coup de théâtre. Le roi Louis XI appelait l'Homme de Fer
par son nom : Otto Béringhem Le casque sombre où se balançait la plume rouge, renversée fièrement, allait-il montrer en
s'ouvrant la face sinistre du démon?

Il y en eut qui fermèrent les yeux ou qui détournèrent la

tête. La foule rendit un seul et grand soupir, puis une clameur monta. L'étonnement parlait.

On avait cherché en vain la barbe hérissée, les dents de loup dans la bouche horriblement fendue et les charbons rouges dans le creux des orbites. Les femmes, qui avaient compté sur une paire de cornes, furent également trompées.

C'était un beau jeune homme, si beau qu'on ne se souvenait point d'avoir jamais vu son pareil. On vit un front pur et doux où tombaient, affaisées par la sueur, les boucles d'une chevelure de soie. Une femme eut souhaité ces anneaux brillants, noirs comme le jais, flexibles et se balançant au pas mesuré du cheval, qui allaient se jouant jusque sur les épaules en prison dans l'acier; une femme eût envié encore l'éclat chatoyant de ces prunelles qui semblaient humides et qu'ombrageaient la courbe hardie des sourcils. On vit une bouche souriante, un teint mat et blanc : une beauté, pour tout dire, qui eut paru molle et efféminée sans la mâle audace du regard, et cette nuance d'azur que la barbe rasée mettait à ces joues.

Voilà pourquoi toutes les poitrines rendirent un souffle contenu et prolongé. L'arène s'entourait d'un silence profond.

Jeannine se tourna vers Berthe, qui était plus pâle qu'une morte.

Mme Reine avait le frisson. Le sire du Dayron et tous ceux qui, la veille, avait accepté l'hospitalité en son hôtel, restaient hors de garde comme si un choc les eût frappés.

La seule personne qui ne témoigna aucune émotion, fut la petite Jouanne. Et encore c'était parce que le pâtour mettant le comble à ses caresses champêtres lui avait fourré la tête dans le sable et piétinait dessus. — Ah ! ils ne sont pas embarrassés, là-bas, pour se bien divertir !

— Je le savais bien, moi, s'écria le nain Fier-à-Bras de sa voix perçante; l'Homme de Fer et messire Olivier mettent leur tête sous le même bonnet.

Ce nom d'Olivier vint aussi à la bouche d'Aubry stupéfait. Les lèvres de Berthe et de Jeannine le murmuraient. Dame Josèphe de la Croix-Mauduit donna son faucon à Bette pour prendre son rosaire. Elle avait respiré, la veille au soir, dans le salon du Dayron, le même air que l'Ogre des îles !

— Le connais-tu, Araignoire, le connais-tu? demandait-on au nain de toutes parts.

Fier-à-Bras se rengorgea.

— J'ai voyagé ce matin sous son manteau, répliqua-t-il, et, si j'avais voulu, il m'aurait acheté un domaine !

On se tut parce que l'Homme de Fer, ce démon à visage d'ange, passait devant le front de la foule. Les chevaliers de France et ceux de Chaussey l'escortaient en cérémonie.

— Que fait-il donc là? demanda Fier-à-Bras quand il fut éloigné.

— On dirait qu'il a rompu en deux la couronne, répondit Catiolle la mareyeuse.

C'était vrai. Le comte Otto, soit à dessein, soit par distraction, avait brisé le fil d'or qui retenait les feuilles et les fleurs de la couronne. Sa main tenait encore les deux moitiés réunies, quand il salua le duc de Bretagne et sa suite. Les chevaliers bretons ne se joignirent point au cortège. Aubry tout seul, au grand étonnement de sa mère, mit son cheval au pas de celui du comte Otto.

Aubry avait-il surpris le regard que le comte vainqueur avait lancé vers l'estrade où étaient Berthe et Jeannine?

Le comte Otto arrivait aux gradins nobles. Quelques dames agitèrent leurs écharpes. C'était le moins qu'on pût faire pour un ogre si merveilleusement beau. L'Homme de Fer se comporta en galant chevalier, mais il ne lâcha point sa couronne et continua d'aller en avant. Il s'arrêta court devant l'estrade où s'asseyaient les hôtes du Dayron. Sa lance s'agita par trois fois, déroulant au vent la devise : *A la plus belle !*

La foule noble des gredins et la pauvre cohue pressée sur les galets, curieuses l'une autant que l'autre, tendirent à la fois leurs mille têtes. Pour qui parlait la devise du comte? On allait enfin le savoir. Le comte, en effet, suspendit la couronne à la pointe de sa lance : la devise éloquente donnait un sens précis à son hommage. Il s'inclina jusqu'à toucher du front la crinière de son cheval, et la lance, décrivant un demi-cercle gracieux, envoya la couronne à sa destination.

— C'est à Berthe de Maurever ! fit une moitié des bonnes gens.

— C'est à la fillette de Jeannin, l'écuyer, dit l'autre moitié.

— C'est à l'une et à l'autre, s'écria le nain Fier-à-Bras.

La couronne, au moment de tomber, c'était divisée en deux parties égales, dont une s'accrocha au voile de Berthe, tandis que la seconde restait sur les genoux de Jeannine. La banderole parlante ondulait entre les deux jeunes filles.

XIV

On se demanda pourquoi le duc de Bretagne se laissait émouvoir par ce mince événement. Le duc fut en effet sur le point
de s'élancer : que lui importait le dénouement original de cette
galanterie? Ceux qui étaient du Roz et qui connaissaient
l'écuyer Jeannin furent grandement surpris, au contraire, de
son impassabilité. Jeannin aimait sa fille à l'adoration, et son
respect pour Berthe, la fiancée d'Aubry, n'avait point de bornes.
Pourtant Jeannin resta immobile, nonchalamment assis sur la
selle et aussi calme en apparence que si Jeannine et Berthe
eussent été pour lui des étrangères.

Le nain Fier-à-Bras aurait pu donner, sur ce sujet, quelques
explications à la foule, mais l'échanson d'un duc est presque
un homme d'État. Fier-à-Bras se sentait venir de la prudence.
Il fut discret pour la première fois de sa vie.

Un épisode nouveau vint distraire d'ailleurs l'attention générale.

Tandis que les deux jeunes filles, changeant de couleur et les
yeux baissés, demeuraient comme étourdies de leur équivoque
triomphe, Aubry de Kergariou mit pied à terre et franchit d'un
saut la balustrade qui fermait la lice. Il saisit vivement la moitié de couronne qui était sur les genoux de Jeannine et la réunit
à la seconde moitié suspendue encore au voile de Berthe.

L'Homme de Fer avait repris sa marche lente et regagnait

l'extrémité orientale du champ-clos, après avoir salué une dernière fois l'estrade royale.

Jeannine ne bougea pas. Ses joues, tout à l'heure si roses, devinrent blanches comme le lin de sa gorgerette. Berthe rougit, au contraire, jusqu'aux nattes de ses merveilleux cheveux blonds. Chacune des deux jeunes filles interprétait à sa manière l'action d'Aubry. Jeannine le remerciait dans son âme; Berthe, heureuse et laissant voir naïvement la profondeur de sa joie, essuya ses yeux pleins de larmes.

Aubry ne voulait point de partage; Aubry lui rendait l'hommage tout entier; Aubry, à la face des deux souverains, de tous les chevaliers et de la foule immense, se déclarait hautement son chevalier.

Elle comprenait cela ainsi, la pauvre Berthe. Sa longue souffrance prenait fin à cette allégresse inespérée; elle voyait devant elle, ouvert et radieux, le paradis des heureuses tendresses.

Aubry redescendit les gradins, sauta en selle et se retrouva au milieu des chevaliers bretons qui s'ébranlaient pour entamer la seconde partie du tournoi. Ils étaient quinze qui marchaient au-devant des autres, le duc en tête, afin de toucher les écus suspendus aux poteaux de la tente royale. Aubry resta en ligne avec ces quinze lances d'élite, bien qu'il n'eût point été choisi. Le duc lui fit signe de s'éloigner; Aubry n'obéit pas.

Bien plus, il devança le groupe des chevaliers poursuivants et alla donner de sa lance contre l'écu de sable à la croix arrachée d'argent. Mme Reine ne put retenir un cri en voyant cela. Son fils venait de provoquer au combat le plus terrible de tous les champions présents, le comte Otto Béringhem.

L'Homme de Fer !

L'écu de Béringhem rendit un son retentissant et prolongé. Berthe perdit ses belles couleurs; Jeannine essuya son front où perlait la sueur froide.

Le duc de Bretagne fit comme Aubry, sa lance frappa l'écu de l'Homme de Fer. Les autres chevaliers choisirent des adversaires à leur gré. De Ploeuc eut le sire de Laval. Goulaine eut Estouteville qui, soit dit entre parenthèses, était le seigneur

et maître de cette considérable dame de Torcy; Rieux eut
Bourbon. Coëtquen eut Commingues, l'Isle Adam eut Nompar
de Caumont, etc., etc.

— Pasques-Dieu ! s'écria Fier-à-Bras, car moi et le roi nous
jurons de la même sorte, messire Aubry n'y va pas par quatre
chemins ! Voyez s'il s'est retiré devant le duc !

Aubry restait en effet en face de l'écu malgré le défi de François qui avait suivi le sien. Otto Béringhem sortit de la tente.
Il avait le choix entre ses deux provocateurs mais le choix ne
pouvait guère être douteux; comment hésiter entre la fanfa-
ronnade de ce pauvre enfant et le défi sérieux du duc de Bretagne? Otto n'hésita point, en effet, il laissa de côté le duc et
choisit l'enfant.

Le duc fut réduit à toucher l'écu de Beaujeu.

Les Bretons tournèrent bride pour prendre champ. Belle et
grande joute, cette fois ! sauf le petit Aubry qui n'avait point
encore gagné ses éperons, et que le duc de Bretagne, suivant
l'opinion commune, aurait dû renvoyer à l'école, poursuivants
et tenants étaient tous chevaliers accomplis. L'attention redou-
bla autour de l'enceinte; dans l'enceinte, hérauts, sergents,
écuyers se rangeaient aux places les plus favorables pour ne
rien perdre du choc mémorable qui allait avoir lieu. Le seul
être qui, dans cette réunion, ne montra aucune curiosité, fut
l'écuyer Jeannin. C'était à n'y point croire. Jeannin, le fier
homme d'armes qui avait usé sa vie au milieu des coups de
lance, Jeannin, le soldat vaillant, Jeannin qui voyait en outre
engagé dans cette grave partie son élève chéri, le fils unique
de son maître, Jeannin restait à l'écart, endormi à moitié sur
sa selle et aussi indifférent à tout ce qui se passait que si la joûte
eût été à cent lieues de lui.

Les gens du Roz remarquaient bien cela. Fier-à-Bras riait
dans le collet de son pourpoint.

Malgré sa prudence d'homme d'État, il grommela deux ou
trois fois :

— Vous allez voir, vous allez voir, notre oncle Jeannin
n'est pas mort !

— Ma fille Jouanne, ajouta-t-il, interpellant à haute voix la petite gardeuse d'oies qui avait le front, les joues et le cou pleins de sable, c'est pour toi et le pâtour que notre sire le roi de France a donné la fête !

— La demoiselle de sang noble qui reçoit la couronne, bouquet, ou guirlande des mains du chevalier vainqueur, disait pendant cela dame Josèphe de la Croix-Mauduit, encore est-ce parfois une écharpe brodée ou même un sautoir, suivant le caprice du maître des joutes, ladite demoiselle, si son éducation ne fut point négligée, doit se lever, rougir, trembler légèrement et faire trois révérences tronquées pour marquer le grand trouble où la jette cette distinction inespérée. Elle doit en outre balbutier quelques paroles inintelligibles et telles que l'émotion les laisse échapper. Il n'est point mal qu'elle pose sa main au-devant de ses yeux pour parer à l'éblouissement qui la va prendre. Bette, et vous, Biberel, j'invoque votre double et loyal témoignage : ma nièce a-t-elle vaqué à tous ces devoirs?

Comme maître Biberel et Bette allaient répondre, les fanfares éclatèrent aux deux extrémités de la lice. La terre ne trembla point sous le pas lourd des chevaux, parce que le sable inerte amortissait le choc, mais il se fit un grand bruit de fer et le vent souleva deux tourbillons furieux. Les tourbillons se rencontrèrent au centre de l'arène. Ce fut comme un coup de tonnerre.

Fier-à-Bras battit des mains en voyant deux Bretons et trois Français mordre le sol. Le duc avait désarçonné Beaujeu.

— Regardez, regardez, s'écria le nain, qui tendit ses deux petits bras vers le quartier des Bretons; la joue est close pour aujourd'hui, et nous allons avoir un autre spectacle.

Une chose étrange avait eu lieu. L'Homme de Fer courant contre messire Aubry, avait évité le coup de lance de son jeune adversaire sans le frapper lui-même. Passant entre Aubry et son voisin Coëtlogon, il avait percé la ligne bretonne, et, au lieu de se retourner comme les autres, il piqua des deux vers la tente ducale.

Auprès de la tente, il n'y avait plus que l'écuyer Jeannin.

On put voir Otto Béringhem fondre à pleine course sur ce pauvre bon Jeannin sans défiance, le saisir par la ceinture, l'enlever d'un bras puissant et le coucher en travers sur le garot de son vigoureux cheval.

Mme Reine et Jeannine poussèrent ensemble un cri de détresse. Mais ce cri fut étouffé sous la grande clameur qui s'éleva dans les rangs des chevaliers de Bretagne :

— Trahison ! trahison ! Sauvez le duc !

Le duc? Ce n'était donc pas le bon Jeannin qui avait demandé à boire? C'était peut-être lui qui venait de désarçonner bel et bien le sire de Beaujeu?

— Qu'est cela? dit le roi paisiblement.

Il savait ce que c'était mieux que personne.

L'échange des armures entre le duc François et Jeannin avait été décidé en conseil, devant dix braves seigneurs tous très discrets. Gare aux secrets gardés par tant de loyautés !

Ce fut incontinent un tumulte effroyable. Ce qu'il y eut de gens écrasés, nous ne saurions point le dire. Goton accusa depuis Mathurin d'avoir profité de la bagarre pour essayer de l'étouffer dans la presse.

— Bette, dit dame Josèphe, soutenez-moi d'avance au cas où je me trouverais mal ultérieurement. Veillez à ce que le faucon, effrayé par ce tapage, ne prenne point sa volée. Je crois comprendre que le duc notre seigneur court un danger par trahison ; tirez votre épée, maître Biberel, et rendez-vous au combat en ayant soin de dire qui vous êtes au service de la dame de la Croix-Mauduit.

— Le duc ! le duc ! Sauvez le duc !

Dames et gentilshommes se mêlaient sur les gradins.

Cependant, l'homme qui avait joué le rôle de François de Bretagne dans la passe d'armes, souleva la grille de son casque et cria d'une voix tonnante :

— Bretagne-Malo ! A nous les Bretons ! Au riche duc !

— Jeannin ! fit Mme Reine stupéfaite.

— Mon père ! s'écria Jeannine.

Le cheval du bon écuyer bondissait sous l'éperon.

L'Homme de Fer était monté si vigoureusement qu'il avait déjà franchi l'enceinte avec son fardeau. Il courait en grève et se dirigeait vers le Mo... Saint-Michel.

XV

LA COURSE

Dans l'arène voici ce qui se passait : les chevaliers de Chaussey avaient gagné la partie orientale du champ-clos, pendant que le choc avait lieu. Les chevaliers bretons se trouvèrent en face d'eux quand ils voulurent s'élancer au secours de leur duc. Jeannin prit en main sa hache d'armes et chargea le premier ; il passa sur deux cadavres. Les autres combattirent ; quand ils parvinrent à passer, Jeannin avait de l'avance. On le voyait galoper sur la grève normande, et chacun pouvait croire, à cause des lois de la perspective, qu'il gagnait du terrain sur l'Homme de Fer.

L'idée vint à Dunois et à Jean de Rieux de se faire un otage de la personne du roi, mais devant Louis XI la garde écossaise était comme une muraille d'acier. Dunois et Jean Rieux franchirent les premiers l'enceinte ; tous les Bretons s'élancèrent sur leurs traces, laissant dans le champ-clos une demi-douzaine de corps morts. Derrière eux, la foule déborda dans les sables marneux coupés de flaques d'eau, et ce fut un spectacle étrange de voir la cohue tout à coup éparpillée sur l'immense étendue des grèves, rouler comme un flot vers le mont Saint-Michel.

Le flux venait du côté du nord ; la mer mangeait la grande marge des sables. Le vent, qui s'était levé à l'heure de la marée, enveloppait d'une tourbillon chaque groupe de coureurs. A

tout instant, Jeannin et le comte Otto disparaissaient comme
en un nuage, puis on les voyait reparaître, gardant leur distance, qui peu à peu diminuait. Le bataillon des chevaliers de
Bretagne venait ensuite, compacte et séparé de Jeannin par
cinq ou six cents pas. Puis c'était un large intervalle avant
d'arriver à la tête de la foule.

La foule elle-même se précipitait follement, ivre de son effort
et de ses cris, allant, comme toute cohue, pour voir et pour crier.
Des hommes d'armes de France la tranchaient au galop de
leurs chevaux. Ceux-là couraient pour soutenir les chevaliers
de Chaussey qui galopaient en suivant une légère courbe, afin
d'être en aide, au besoin, à l'Homme de Fer, leur maître.

C'était une confusion terrible, pleine d'invectives, de plaintes
et de clameurs.

Du haut de son estrade et tournant le dos à l'arène complé-
tement vide, le roi Louis XI regardait tout cela. Quelques
Français étaient autour de lui. On ne disait mot. Le roi, calme
et presque gai, appuyait sa main sur l'épaule de son compère
Olivier le Dain. Les autres estrades s'étaient vidées comme
par enchantement. Dames et gentilshommes suivaient le flot.
Il ne restait pas une âme sur le galet où charrettes et chevaux
étaient abandonnés à la garde de Dieu.

Les bruits moururent. Les cris de trahison s'éteignirent. A
mesure que la cohue s'éloignait, le fracas sourd et lointain de la
mer montante grandissait.

Bientôt la scène apparut au roi et à ses compagnons sous
l'aspect d'un serpent énorme déroulant ses anneaux dans la
plaine. Au milieu des grèves, en effet, la marche ne peut pas
être directe; mille obstacles se présentent qu'il faut tourner.
Le comte Otto, la tête du serpent, faisait de larges circuits;
Jeannin, qui connaissait chaque pied carré des tangues, espérait toujours que le comte se tromperait ou s'engagerait à
faux, mais son espérance était incessamment trompée. Jeannin était forcé de le suivre pas à pas; il n'eût point dirigé la
course avec plus de sûreté que le comte Otto lui-même. Au lieu
précis où le comte et Jeannin avait passé, l'escadron des Bre-

tons passait à son tour, puis les chevaliers de Chaussey, puis les Français, puis la foule essoufflée.

Le soleil ardent d'août éclairait pour le roi ce ruban animé, allongé sans cesse par les traînards, et qui déroulait sur le fond brillant des grèves, sa ligne interminable.

Le comte Otto et Jeannin semblaient se toucher lorsqu'ils se montraient de face, mais dès qu'une mare les forçait à changer de direction et à démasquer leur profil, on pouvait juger la distance qui restait entre eux. Jeannin gagnait, mais si peu !

La première parole du roi fut celle-ci :

— Mon très cher et bien-aimé cousin François doit être bien à la gêne sur le cou de ce cheval !

Ce disant, ses lèvres minces et droites avaient un sourire bénin.

Au bout de plusieurs minutes, il ajouta :

— Ce comte Otto est un fier soldat !

— Voyez, sire, voyez ! s'écria Olivier le Dain, quelque chose de brillant là-bas, en avant du comte...

Le roi pâlit.

— Saint Michel nous soit en aide ! murmura-t-il ; le comte Otto doit voir la mer monter aussi bien que nous.

C'était la mer qui montait en effet, dans un de ces mille cours d'eau qui sillonnent les lises.

— Voyez, sire, voyez ! dit encore maître Olivier, la grève devient noire ; là-bas, sur la droite, on dirait une autre foule !

Le roi tira de son sein l'image d'or de l'archange et la baisa.

— Les pèlerins qui n'ont point voulu venir jusqu'ici pour assister à ma passe d'armes sont sortis de leurs tentes, répliqua-t-il ; le spectacle va les chercher, ils regardent... Dieu merci, le comte Otto doit les voir aussi bien que nous.

En ce moment l'Homme de Fer changea brusquement la direction de sa course; au bout de quelques secondes, Jeannin fit de même, puis les chevaliers, puis la foule; le serpent tout entier ondula. Sa tête sembla remonter vers sa queue, et l'on eût dit que le comte Otto, abandonnant son dessein de gagner le Mont Saint-Michel, se dirigeait maintenant vers la terre ferme.

Il était si loin désormais que son cheval et lui semblaient au roi un point sombre sur la grève. Le roi dit :

— Ce comte Otto est mieux qu'un fier soldat, c'est un rusé joueur ! Il avait lui-même suggéré au duc François l'idée de ce déguisement pour le séparer de ses fidèles. Si François, mon frère et mon cousin, eût gardé en tête le cimier ducal et qu'il fût resté entouré de sa noblesse, il eût fallu, pour l'enlever, bataille rangée... Mais ce Jeannin aussi est un soldat redoutable, il gagne, il gagne...

— Il gagne, répéta Olivier le Dain.

— Le comte Otto, reprit le roi, serait homme, le cas échéant, à se faire un bouclier de François, mon frère et cousin. Je lui ai recommandé fort expressément de ne lui point ôter la vie...

Le Dain regarda son maître qui remettait sous le revers de son manteau la sainte image de l'archange.

Entre le champ-clos et la foule, la mer s'étendit lentement comme un miroir. Le roi dit encore :

— Fais enlever le velours des estrades, Olivier, mon ami. On ne voit plus guère ces gens qui sont là-bas. Je vais me rendre au mont pour avoir des nouvelles.

Louis XI monta à cheval et suivit la ligne des galets, entouré de sa garde écossaise. On arrachait en grande hâte le velours des estrades. La mer glissait sur les sables, huileuse et calme, à un quart de lieue tout au plus de l'arène.

Le roi marcha longtemps sans parler, puis il toucha du doigt le bras de maître le Dain.

— Les choses étant au pis, dit-il à voix basse, ce comte Otto serait tué raide par les chevaliers de Bretagne.

— Vous supposez que Jeannin le joindrait?... fit le barbier.

— Le cheval du comte Otto porte deux hommes. Mettons que le comte soit tué, les choses restent en l'état. Je n'ai rien risqué.

— Le duc de Bretagne était à la passe d'armes sur la foi de Votre Majesté, objecta le Dain.

— Après tout, fit Louis XI, répondant à sa propre pensée

bien plus qu'aux paroles de maître Olivier, ce comte Otto n'est qu'un païen détestable. J'attacherai son corps à une potence : ce sera justice, et mon cousin François verra bien que le mécréant avait agi malgré moi !

Ici l'escorte de Louis XI rencontra une petite troupe composée d'une vieille suivante et d'un vieil écuyer montés sur vieux chevaux. Il y avait en outre deux vieux chiens et un vieux faucon. La petite troupe fit halte. Le vieil écuyer mit pied à terre précipitamment et donna son genou à la vieille dame qui laissa choir son faucon dans son trouble. La vieille dame descendit ainsi que sa suivante; les trois chevaux restèrent sur leurs jambes roides, le col allongé, les oreilles battantes. La vieille dame fit un pas en avant, lança un coup d'œil à la suivante, un autre à l'écuyer, tous les deux attentifs, et formula trois révérences tellement dessinées, que le roi fit sentir le mors à son cheval.

— Sire, dit la vieille dame après la troisième révérence et pendant que sa suite rendait hommage à son tour, je crois devoir vous fournir l'honneur de dignité première, quoique je n'approuve en aucune façon votre conduite envers mon seigneur le duc. Ceux qui sont ici témoigneront des réserves faites en cette occurence, par moi, dame Josèphe, douairière de la Croix-Mauduit, qui ne laisse point, sire, de prier Dieu qu'il ait Votre Majesté en sa garde.

— Dieu vous bénisse, bonne dame, dit le roi qui passa.

Dame Josèphe se remit en selle.

— Vous auriez pu, maître Biberel, enseigna-t-elle non sans un reste d'émotion, tendre votre genou plus près de la selle. Mon pied a failli glisser, et je vous demande ainsi qu'à Bette, à qui je ferai mes observations tout à l'heure, quelle mine aurait eue une dame de mon rang, tombant sur le dos ou dans toute autre posture déshonnête devant le roi. Je veux bien que Louis de France soit un roi mal venu et de méchante figure c'est, nonobstant, un roi. Je pense lui avoir parlé la bouche ouverte. Plaise au ciel que la fermeté par moi ainsi déployée soit utile à François de Bretagne ! Vous ayant adressé ce reproche, maître Biberel, je passe à Bette et lui dis : Ma mie, on s'instruit à tout âge. Donnez, je vous prie, une chiquenaude d'importance seconde ou, si mieux vous aimez, une pichenette à mon faucon pour avoir perdu le poing. Je suis gravement mécontente de cet animal aujourd'hui. Les deux chiens et les trois chevaux ont fait, au contraire, leur devoir comme il faut. Bette m'amie, quant à vous, j'ignore ce qu'ont pu penser les gardes écossais, mais votre révérence péchait en plus d'un point. Ce n'est pas ainsi, ma fille, que l'on honore la maison de sa dame. Ne manquez point de venir demain à mon lever, je vous apprendrai en quoi votre hommage fut tristement défectueux. Je suis néanmoins contente d'avoir trouvé l'occasion de saluer le roi de France, et j'espère qu'il se souviendra de moi.

Les gens du pays comptent environ une lieue et demie de la grève Saint-Sulpice au Mont Saint-Michel, mais si l'on a égard aux détours, la carrière fournie par le comte Otto Béringhem était beaucoup plus considérable. Avant de couvrir le plan général des grèves, la mer monte dans les cours d'eau et détrempe les lises ou sables mouvants qui deviennent impraticables même pour un cheval au galop. Il faut s'orienter, louvoyer en quelque sorte, chercher des passages comme fait le pilote engagé dans les brisants.

Au moment où le roi quittait son estrade, le comte était tout au plus à un quart de lieue de la porte du couvent en ligne droite, mais le flux poussait sa pointe entre lui et le mont; il fallait tourner le flux, et le question était de savoir désormais qui l'emportait en vitesse du flux ou du comte Otto.

En effet, quelques minutes encore et la mer allait fermer toute communication entre la terre ferme et le mont.

Cette ligne sombre que le roi avait aperçue naguère du haut de son observatoire, c'était une autre foule, une foule aussi nombreuse et aussi compacte que celle qui serpentait dans les sables. C'étaient les pèlerins sortis de leur ville de toile, les riverains attirés par l'étrange spectacle de la course; c'était tout ce qui n'avait pas quitté ses foyers pour se porter à la passe d'armes.

En arrivant au front de cette masse immobile et qui pouvait être ennemie, le comte Otto, tenant toujours de la main gauche le duc renversé sur sa selle, dégaina de la main droite. La masse vivante recula et livra passage.

XVI

FRÈRE TOURIER

Jeannin criait :

— Arrêtez le païen ! Chrétiens, donnez-moi votre aide au nom de Dieu !

Mais l'épée du comte flamboyait au soleil. La cohue grondait et ne bougeait pas.

Le duc de Bretagne, étouffé dans son armure, se plaignait sourdement. Beaucoup pensaient que l'Homme de Fer emportait un cadavre.

A mesure que la course avançait, la distance diminuait réellement entre le comte et Jeannin. Jeannin était parfaitement monté : il avait le cheval du duc de Bretagne. La distance augmentait au contraire entre le bon écuyer et les chevaliers bretons qui couraient maintenant à plus de mille pas en arrière. En gardant son avantage, Jeannin pouvait encore espérer d'atteindre l'Homme de Fer. C'était l'espérance de la foule qui flairait un combat épique entre ces deux superbes soldats.

Le cheval du comte, malgré sa vigueur extraordinaire, jetait une fumée épaisse par les naseaux. Ses flancs épuisés battaient. L'écume qui tombaient de sa bouche était sanglante. Le comte l'excitait de la voix et ménageait encore les éperons. Le cheval de Jeannin, plus fin, plus vif et moins chargé, avait été plus surmené au début de la course. Ses efforts étaient maintenant

10

convulsifs; il allait par bonds; ses flancs déchirés ne répondaient plus à l'éperon.

Jeannin sentait cela. Il criait :

— Arrête, traître et lâche ! Arrête, païen maudit !

Le comte Otto se retournait et souriait. Il avait levé sa visière pour donner l'air frais à son front qui ruisselait de sueur.
Son beau visage pâle et tranquille semblait railler les efforts
surhumains du bon écuyer.

La mer était sur les grèves. La route parcourue par la foule
se couvrait d'eau, et le flot taquin poursuivait les traînards.
En ce moment même où le comte et Jeannin arrivaient devant le
Mont, la mer arrachait les échafaudages du champ-clos et portait à la rive des gradins désemparés.

Les murailles du monastère regorgeaient de spectateurs
comme les grèves et le rivage. On ne comprenait rien à cette
course désespérée, et chacun cherchait à deviner le mot de
l'énigme. Nous pouvons affirmer qu'à cette heure il n'y avait
pas un moine au réfectoire ni à l'église.

Le comte Otto avait manqué d'une minute la passe qui regarde Ardevon. Il fit le tour du Mont pour gagner celle qui fait
face à Avranches et qui se couvre la dernière. Quand il l'attei-
gnit, ce n'était plus qu'une bande étroite de sable détrempé.
Pendant qu'il la franchissait, la mer passa entre les jambes de
son cheval. Le cheval de Jeannin, qui suivait à une longueur
de lance, eut de l'eau jusqu'au milieu des jarrets, puis la mer
étendit son niveau sur la chaussée. Le gros des chevaliers bretons, arrivant à son tour, se trouva en face d'un fleuve salé
plus large que la Loire. Il fallut reculer.

La partie n'était plus qu'entre l'Homme de Fer et Jeannin.
Jeannin dégaina et donna du plat de son épée à tour de bras
dans les oreilles de son cheval qui bondit furieusement. Un
autre bond semblable l'aurait mis aux côtés de l'Homme de
Fer.

— En avant, bon écuyer ! criaient les Bretons de l'autre
côté du canal.

Ils reculaient pas à pas devant la mer victorieuse.

— En avant ! en avant ! Jeannin, brave homme, tu le tiens à la montée. !

De la grève à la porte du couvent, il y avait en effet une rampe que, de mémoire d'homme, nul cheval n'avait gravie qu'au pas et tiré par la bride. La rampe a été minée depuis et défierait encore le trot du plus vigoureux coursier.

Jeannin serrait déjà la poignée de son estoc et se préparait au combat.

Le comte Otto enfonça pour la première fois les éperons dans le ventre de son cheval, qui attaqua la rampe au galop. Le roc rendit quatre gerbes d'étincelles.

— Ouvrez, au nom du roi de France ! cria en même temps le comte d'une voix sonore.

On vit la lourde porte du monastère tourner lentement et comme à regret sur ses gonds.

Le cheval de Jeannin, emporté par son élan, attaqua la rampe à son tour. Contre toute attente, son sabot tint sur le roc vif. Dans un effort suprême, il gagna encore quelques pieds.

Jeannin leva son épeé.

— En avant ! en avant ! bon écuyer !

Pour la seconde fois l'Homme de Fer laboura les flancs de son coursier, dont le puissant poitrail rendit une plainte. Son sabot mordit le roc. En retombant, l'épée de Jeannin frappa le vide.

La scène avait maintenant pour spectateurs le monastère tout entier suspendu aux crénaux, les Bretons, les Français, les hommes de Chaussey, la foule, qui commençait à border le canal, et les pèlerins dispersés sur la grève. Dix mille poitrines haletaient oppressées.

— Un effort, Jeannin ! En avant ! en avant !

Ainsi parlèrent une dernière fois les chevaliers de Bretagne, impuissants à secourir leur souverain. A leur cri répondit une voix sourde et brisée :

— Jeannin, sauve-moi, et tu seras chevalier !

C'était le duc.

— Saint archange ! supplia Jeannin debout sur ses étriers, prête-moi tes ailes !

La porte béante était à dix pas. Au moment où Jeannin, qui tenait à pleine main la crinière de son cheval pour se coucher en avant et frapper, ramenait son épée en arrière, le grand cheval du Perche s'engouffra sous la porte avec son double fardeau.

— Fermez ! ordonna l'Homme de Fer.

La porte massive roula sur ses gonds en criant. Le cheval de Jeannin vint donner de la tête contre les madriers garnis de fer et tomba mort, après avoir reculé de trois ou quatre longueurs.

Un cri, un seul et grand cri s'éleva de l'autre côté de la mer. On voyait Jeannin entre le cadavre du noble animal et la porte close, Jeannin étendu sur la pierre, sanglant, immobile.

Une heure avait passé; la mer était haute, le crépuscule du soir éteignait ses derniers rayons. Au ciel pur, vers l'orient, brillaient déjà quelques étoiles. Le riche paysage avranchin disparaissait déjà dans la nuit. Le Mont Saint-Michel, entouré d'eau de tous côtés, dominait l'Océan triste, seul, mais fier, et semblait répéter à l'onde enflée follement la souveraine parole du Créateur :

— Tu n'iras pas plus loin !

Tout était calme dans la vieille arche de pierre. Les moines psalmodiaient au chœur dans la basilique, préparée pour la cérémonie du lendemain.

C'était le lendemain que le roi Louis XI devait placer sa chevalerie nouvelle sous la protection de l'archange. Le roi n'était pas de retour; on ne l'attendait désormais qu'au bas de l'eau.

A la place même où la foule immense s'agitait deux heures auparavant, le flot passait profond et silencieux. Il y avait une lieue de mer entre la base du Mont et le rivage.

La porte du couvent s'ouvrit sans bruit. Deux hommes parurent, éclairés à revers par la lampe qui brûlait dans la

cellule du frère portier. On aurait pu distinguer du dehors
le crâne chauve d'un moine et une tête couverte d'épais cheveux blonds bouclés.

La tête chevelue se portait à un demi-pied au-dessus de la
tête du moine.

— Finir mes jours dans un des cachots souterrains, chu-
chota la voix, hélas ! bien changée du pauvre frère Bruno la
Bavette, ou avoir toutes les nuits un démon enragé qui vienne
me tirer par les pieds et s'asseoir lourdement sur ma poitrine,
voilà mon lot. Je puis choisir. Pour un rien, petit Jeannin,
mon cher compagnon, je me jetterais tête première du haut
de la Merveille dans la mer haute comme ce pauvre Richardet
de Plancoët, qui était troisième sommelier et qu'on accusa,
en cinquante-sept, d'avoir détourné à son profit treize bouteilles du propre hypocras de l'abbé. On ne retrouva point son
corps, mais bien les treize bouteilles en un coin obscur de la
cave, et l'abbé lui fit dire des messes de *miserere* depuis le
saint jour de Noël jusqu'à Pâques. Cela me rappelle qu'au
temps de ma jeunesse, je vis choir un couvreur du haut de
la tour du Bouffay, à Nantes, et que ce malheureux...

— Mon frère, interrompit Jeannin, vous m'avez promis
de m'enseigner un moyen de passer l'eau.

— Seigneur Dieu ! s'écria Bruno, j'ai promis bien autre
chose !

Il ajouta en comptant sur ses doigts :

— J'ai promis au confessionnal de ne plus pécher; j'ai
promis au seigneur abbé de tenir close loyalement la porte
du couvent; j'ai promis au nain maudit ou, pour parler mieux,
à son scélérat de spectre de t'ouvrir nuitamment la même
porte, et je l'ai fait deux fois pour ton entrée et ta sortie.
Va, va, petit Jeannin, mon cher ami, ce qui m'arrivera, je
n'en suis point en peine. Un service à me rendre serait de me
passer la pierre au cou pendant que la mer est haute.

— Tout ira pour le mieux, mon frère, répliqua Jeannin,
et le duc mon seigneur vous récompensera généreusement...
Où trouverai-je la barque?

— Là-bas, sous la ville, entre la Tour-Carrée et l'Éperon...
Ne me diras-tu point, mon fillot, si la passe d'armes fut belle?

— Et la chaîne qui tient la barque n'a point de cadenas?

— Une corde et un nœud... Saint patron ! jamais je n'avais
vu cheval dépasser la tour ! Je raconterai cette aventure-là
bien longtemps... mais vivrai-je seulement une semaine?...
J'ai cru que tu étais mort, là, sur ce roc, mon petit Jeannin,
et il y avait de quoi mourir, c'est moi qui te le dis ! Le comte
damné a crié en entrant : « Ne faites point de mal à celui qui
est dehors. C'est le plus brave soldat que j'aie rencontré en
ma vie ! » Qui donc songeait à te faire du mal? Sais-tu ce qui
advint à Martin Legris, du hameau des Figuiers, au-delà de
Nantes? Sa jument devint folle pour ce qu'elle avait brouté
de la marjolaine, et se jeta un soir contre la poterne du château de Clisson. Martel revenait de la foire, et la foire s'était
tenue je ne sais où, là-bas, du côté de Guérande; il avait un
coup de trop sous le bonnet, quoique son cousin Luc, qu'on
appelait Lucas du Bout-de-Lande, fût trois fois plus ivrogne
que lui et quatre aussi. C'est ce Lucas qui disait à la nièce de
Pierre Himel, le maître charron de Goyon, lequel avait épousé
Jeannette Doële, la propre nièce du curé de Savenay : Perrotte, ma commère...

Frère Bruno s'arrêta pour se demander :

— Était-ce elle ou sa sœur qui s'appelait Perrotte? car elle
avait une sœur, deux sœurs même en comptant la petite
boiteuse qui était du second lit.

Jeannin avait descendu la rampe. Il cherchait la barque
entre la Tour-Carrée et l'Éperon. Frère Bruno le suivait de
loin en causant. Jeannin avait passé de l'eau fraîche sur ses
contusions et changé son armure pesante contre un justau-
corps de cuir. Il était dispos et tout prêt à recommencer.

— Mon frère, dit-il, voici la barque. Dans deux heures,
s'il plaît à Dieu, je serai de retour.

— S'il plaît à Dieu, mon cher ami, tu fais bien de le dire,
car la barque n'en peut plus et les courants sont forts. La petite boiteuse avait de l'esprit comme quatre. Quand elle fut

pour se marier... Pas si vite ! Jeannin, mon ami ! les courants
ont changé de place depuis le temps où tu étais coquetier.
Laisse-moi te dire...

L'écuyer de madame Reine venait de sauter dans la barque.
Il donna son premier coup d'aviron.

— Je prendrai les courants où ils sont, mon frère, répliqua-
t-il ; tenez-vous prêt dans deux heures.

XVII

PORTE OUVERTE

Entre le Mont et la côte d'Avranches la mer est calme comme un étang, mais la traversée ne laisse pas de présenter quelques dangers en marée, à cause des courants de surface et sous-marins qui se croisent dans tous les sens. Jeannin avait de bons bras et du courage. Au bout de quelques minutes frère Bruno chercha en vain la barque dans la nuit. Il remonta vers sa loge en disant :

— Certes, elle avait de l'esprit comme quatre, et sans elle, Nicolas Fougeroux, son grand innocent de mari, n'aurait jamais fait fortune !

Il rentra dans sa cellule après avoir refermé la porte. Il resta un instant sans parler pour prêter l'oreille aux bruits qui venaient de l'intérieur du monastère. Les cloîtres étaient silencieux; les archers causaient et riaient dans la salle d'armes située au haut du premier escalier.

— Ils comptent sur la marée, pour être bien gardés, pensa Bruno. Il n'y aura que deux sentinelles et la nuit sera noire.

Il s'assit auprès de sa couchette et mit sa tête entre ses mains.

— Pour m'être endormi un instant ce matin, se dit-il, j'ai vu feu le nain Fier-à-Bras en rêve. Si je ne faisais pas selon que je lui ai promis, qu'arriverait-il? Je sais plus de cent histoires semblables qui toutes finissent mal. J'ai promis, je tiendrai; le petit Jeannin me viendra en aide en cas de malheur.

La loge tourière avait deux compartiments, dont le second servait de guérite en temps d'alerte. Frère Bruno se leva et ouvrit la porte battante qui séparait les deux cellules.

— Pourront-ils se cacher tous là dedans? grommela-t-il.

Deux heures s'écoulèrent. Les bruits de la salle d'armes avaient cessé. Moines et soudards dormaient. Vers cet instant, la sentinelle qui veillait sur le rempart oriental crut entendre un bruit de rames au large. Elle regarda de tous ses yeux; elle ne vit rien. Le bruit s'affaiblit, puis cessa.

Un moment après, la sentinelle crut ouïr un son de fer au bas de la rampe. Elle cria qui vive. On ne répondit point. Dans la nuit noire, des ombres glissèrent. La sentinelle épaula son arbalète et tira. Le carreau rebondit sur les pierres de la montée.

La porte du monastère s'ouvrit. La sentinelle pensa :

— Ce vieux fou de frère Bruno court le guilledou la nuit; il se fera casser la tête une bonne fois.

On vint le relever. Il ne dit mot de son aventure.

Deux heures encore se passèrent. La mer était basse. La lune, à son dernier quartier, se levait derrière les collines d'Avranches. Du haut des remparts on put distinguer bientôt une masse noire qui traversait la grève. La masse grandit et se détacha : c'était une nombreuse troupe d'hommes d'armes.

Le roi Louis XI, escorté de sa garde écossaise, fit son entrée au Mont Saint-Michel vers une heure de nuit. Il demanda tout de suite des nouvelles de son très cher frère et bien-aimé cousin le duc François de Bretagne.

Au lever du jour, nous retrouvons frère Bruno debout et tout gaillard dans sa loge de tourier. Il était seul. Si quelqu'un durant la nuit s'était caché dans la guérite, nulle trace de ce ce fait ne restait. Il y avait eu, lors de l'arrivée du roi, grand remue-ménage. Pendant plus d'une heure, hommes d'armes et archers de la garde écossaise avaient encombré tous les passages. Quand ces embarras arrivent de nuit dans une forteresse, quelques intrus peuvent se glisser, pourvu qu'ils aient eu d'avance l'entrée de la maîtresse porte...

— Eh bien ! eh bien ! se disait le bon frère en se frottant les mains, me voilà blanc comme neige ! Sont-ils ici ou ailleurs? Je n'en sais rien, écoutez donc ! N'ont-ils pas pu entrer avec le roi? Moi je ne connais pas tous les fainéants qui suivent le roi; je ne garde que la porte, les escaliers ne sont point à moi. S'ils sont tapis là-haut dans mon ancienne cellule, harnibieu ! j'en ai la conscience nette.

— Mauvais Normand ! reprit-il en riant et sans y mettre de fiel.

— Normand toi-même ! Eh ! là-bas !

— Avais-tu besoin de jurer harnibieu pour dire cela?

— Harnibieu n'est jurer, mais si tu veux, mon bijou, mettons harni tout court. Je te fais cette concession pour ne te point fâcher.

— Et tu comptes en être sorti à si bon marché !

— Oui, ma fille.., feu le nain damné me donnera la paix, puisque j'ai rempli ma promesse, et ni prieur ni abbé ne me peut prouver maintenant que j'ai ouvert la porte à d'autres qu'au roi et à sa suite.

— Bon, bon, ne te vante pas trop; tu as donc oublié l'histoire du barbier du roi Midas?

— Je n'ai jamais su cette histoire-là.

— Veux-tu que je te la conte?

— Avec plaisir.

— Le roi Midas...

Ici frère Bruno se raconta fidèlement à lui-même l'histoire du roi Midas et de son barbier, qu'il avait oubliée. Il se raconta cette histoire afin de se prouver que les choses les plus cachées peuvent être découvertes.

— Le roi Louis est comme Midas, dit-il ensuite en riant; il a un barbier.

— Prends garde, malheureux !

— Je sais à qui je parle; tu ne voudrais pas me mettre dans l'embarras. D'ailleurs je n'ai pas dit que le roi eût des oreilles d'âne.

Il mit ses coudes sur ses genoux et prit un air confidentiel.

— Tu ne sais pas? dit-il en baissant la voix.

— Quoi donc?

— Tu vas rire, si tu aimes les bonnes aventures. C'est moi qui ait porté le vin du roi, cette nuit, parce que frère Martin dormait.

— Après?

— J'ai vu le roi. Est-il possible qu'il y ait des gens pour être sujets à de pareilles manie ! Devine ce que le roi faisait.

— Dis-le, je le saurai.

— Le roi causait.

— Avec qui?

Frère Bruno éclata de rire, et dit parmi les hoquets convulsifs de sa gaieté :

— Avec le roi, mon trésor, le roi causait avec le roi !

Il se tordait sur son escabelle.

— Ah çà ! s'écria-t-il tout à coup en cessant de rire, tu trouves donc cela bien divertissant?

— Dame ! songe donc, un homme qui cause tout seul !

— Tu ne t'es pas aperçu, mon vieil ami, que tu fais avec toi-même des conversations de deux heures?

— Moi ! se récria Bruno piqué au vif.

— Toi-même, répliqua Bruno sévèrement. Je t'y ai surpris vingt fois, et je t'engage à plus de charité. Fais-moi le plaisir de t'aller coucher.

Bruno baissa l'oreille et gagna son lit en pensant;

— Vieux coquin, je te revaudrai cela !

Une heure de bon sommeil le guérit de sa rancune, et quand il se leva, tout fiel avait disparu. Ils causèrent tous deux, Bruno et lui, comme deux excellents camarades jusqu'au moment où on sonna la réfection, et ils furent d'accord pour se dire :

— Mon ami, je crois qu'aujourd'hui nous allons en voir de belles !

XVIII

LES CHEVALIERS DE SAINT-MICHEL

Le roi causait tout seul.

Le roi était en face de ses parchemins dépliés. Il écrivait, il raturait, il parlait. L'image de saint Michel était devant lui sur la table, comme la veille, dans sa tente. La salière manquait. Le roi se défiait désormais de sa salière.

— J'ai cru, se disait-il, que monseigneur saint Michel inspirerait au mécréant la mauvaise pensée de mettre à mort mon cher frère. Je l'eusse vengé en faisant tomber la tête du mécréant et l'ordre du saint Archange n'eût point été souillé par l'intromission de ce noir païen. Nous aviserons à faire pour le mieux.

Il trempa sa plume dans l'écritoire.

— L'article trois, poursuivit-il, est en l'honneur de l'archange : il oblige à porter l'image en tout temps, en tout lieu. J'espère que le grand bienheureux me saura gré de cette attention. Je passe à l'article huit qui est entre tous important et grave. « Les chevaliers ne peuvent entreprendre aucunes guerres ni autres hautes et dangereuses besognes sans le faire savoir par avance à la plus grande partie desdits chevaliers... »

— J'avais écrit d'abord : *sans le faire savoir au roi*, dit ici Louis XI. C'est la même chose et cela peut faire ombrage, d'autant que l'article neuf porte : « Les chevaliers ne peuvent

entreprendre guerre ni lointain voyage sans les congés et
licence du roi », est-ce suffisant pour museler le monstre? Le
monstre briserait avec ses dents un mors qui maladroitement
le serrerait...

C'était une grande chambre voûtée, au centre de laquelle
tombait une clé à six pans, guillochée à jour. Depuis le premier
voyage de Louis XI on la nommait la chambre du roi. Les
boiseries noires sculptées portaient aux quatre côtés l'écusson
de France. Les premiers rayons du crépuscule, passant au travers des hauts châssis à vitraux, pâlirent la lampe et jetèrent
de fantasques reflets à la face bilieuse du souverain. Il travail-
lait et ne s'occupait point de savoir si c'était la lampe où le
jour qui éclairait son travail.

Matines sonnèrent. Il se signa par habitude et continua
de travailler.

Vers cinq heures, la porte s'ouvrit doucement et maître
Olivier le Dain, qui avait le pied doux et furtif comme les
chats, entra sans produire aucun bruit. Il portait à la main
l'aiguière et le bassin d'argent. Sous son bras gauche était la
boîte à rasoirs. Il passa derrière le roi et souffla la lampe.

— Bonjour, mon compère, dit Louis XI; nous fîmes hier
une belle journée. Par l'intercession de monseigneur saint Michel, nous continuerons aujourd'hui notre heureuse besogne.
Que fait le duc?

— Il boit, répliqua maître le Dain.

— Et le comte Otto Béringhem?

— Il dort.

Le roi tendit ses joues que maître le Dain couvrit de mousse
prestement.

— Mon compère, reprit Louis XI, as-tu visité ces cachots
non-pareils qui furent creusés dans le roc vif sous les fon-
dements du monastère? Penses-tu que le sorcier d'Allemagne,
avec ses enchantements, pût sortir de là, s'il y était une
fois enfermé?

Maître le Dain repassa son rasoir sur la paume ouverte de
sa main.

— Sire, réplique-t-il, ému encore de ce qu'il avait vu la veille en la grève Saint-Sulpice; m'est avis que ce n'est point un bras humain qui pût enlever le duc François revêtu de ses armes et le coucher, comme si c'eût été un enfant, sur le garrot d'un cheval. Il faut autre chose que des murailles de pierre pour tenir captif le comte Otto Béringhem.

Le rasoir grinça sur la barbe fauve et rude de Louis de Valois.

Dans ces bons et robustes cachots, poursuivit-il, appliquant sans y prendre garde aux cages souterraines toutes sortes d'épithètes caressantes, il y a des bagues de fer bellement scellées. Si l'on rivait un collier bien éprouvé au cou d'un captif, le collier à une chaîne de convenable épaisseur, la chaîne à la bague, il me semble pourtant que le captif pourrait dire adieu à l'air libre et au soleil.

— Qu'il plaise à Votre Majesté de tendre son autre joue... Il me semble à moi que le souffle de ce maudit mordrait le fer comme une lime et qu'une parole magique, tombant de sa bouche, ébranlerait le mont sur sa base.

— Que disent nos chevaliers?

— Les chevaliers prononcent tout bas le mot sacrilège.

— Que ferais-tu, toi, à ma place, mon compère Olivier?

— Le roi est rasé... je laisserais dire les chevaliers ou bien je donnerais ce comte Otto à la hache du maître Tristan.

Louis XI joignit ses deux mains devant l'image d'or de saint Michel.

— Puissant archange, s'écria-t-il, veuillez m'écouter à cette heure. Votre nom glorieux est engagé dans tout ceci et vous êtes intéressé directement à l'honneur de l'ordre que je fonde sous votre souveraine invocation. Je me suis servi du pain pour avancer d'autant notre œuvre. Si le pain est soutenu par l'esprit du mal, me laisserez-vous sans défense contre lui? Je vous prie, bienheureux archange, tournez vos regards vers moi, et voyez la grande peine où je suis pour débarrasser

votre ordre et frérie de cet immonde alliage qu'y veut introduire le démon. Secourez-moi si c'est votre plaisir, et je mettrai cent écus d'or au tronc de votre basilique. *Amen.*

— *Amen*, répéta le Dain qui revenait portant sur ses bras
les diverses pièces du splendide costume de grand maître que
le roi allait revêtir.

Les cloches du Mont sonnaient à toute volée. Le vent d'est
apportait la réponse lointaine des carillons de la ville
d'Avranches. C'était l'heure de la grand'messe; la marée
était au plus bas; littéralement, le sable des grèves disparaissait sous la foule compacte qui, de tous côtés, se dirigeait vers le mont Saint-Michel.

Depuis le jour solennel ou le duc fratricide, François Ier
était venu recevoir, dans l'hôtel de la basilique inachevée,
la première punition de son forfait, vingt ans s'étaient écoulés,
vingt ans bien employés. Les galeries suspendues étendaient
maintenant leur ligne tout autour de l'église, et la voûte
fermée jetait au-dessus de la nef son ogive hardie. Cependant,
il restait encore à faire. Le chœur n'était point terminé et les
travaux qu'on avait repris quelques mois auparavant laissaient derrière l'autel une large ouverture. Pour la cérémonie,
cette ouverture était close à l'aide de châssis drapés de velours.

Autant la journée de la veille avait été radieuse, autant
ce jour était sombre. Le vent d'est amène la pluie au
deuxième jour de marée. Le ciel se couvrait d'un voile
épais, et depuis le matin, c'était comme un déluge.

Les tentures de la basilique avaient été calculées pour une
journée d'août, pleine de soleil et de lumière.

On avait jeté, d'un pilier à l'autre, tout le long de la nef,
de belles draperies d'un rouge sombre, rehaussées d'or, au
centre desquelles le collier de Saint-Michel était brodé en
bosse : à la voûte, une toile d'azur se parsemait de lis d'or, qui,
à ce firmament, semblaient des étoiles. Le chœur, tendu de
violet, était semé de coquilles d'argent, laxées, comme disait
le règlement édicté par le roi Louis en personne, *laxées* l'une

avec l'autre d'un double *lax*. Sur cette draperie, derrière l'autel, une broderie en relief plein représentait l'archange debout sur son roc.

Il n'y avait au maître-autel, le roi l'avait voulu ainsi, que le service ordinaire de cierges. La lumière devait tomber d'en haut. Dans tout le reste de la basilique, on ne voyait briller que les lampes sempiternelles, suspendues devant les images de la mère de Dieu.

C'était comme une nuit. La nef énorme s'emplissait d'un solennel mystère.

L'archevêque de Sens officiait, assisté des évêques d'Amiens et de Coutances. Aux stalles étaient, dans leurs costumes pontificaux, les archevêques de Reims et de Rouen, avec les évêques de Troyes, d'Autun et de Chartres, l'archiprêtre de Sainte-Geneviève de Paris, les abbés de Saint-Germain-des-Prés, de Citeaux, de Chaulny et d'Arvel-en-Grâce. L'abbé du monastère de Saint-Michel, vingt-sixième depuis la fondation, trônait entre ses deux prieurs à droite de l'autel.

Derrière les prélats se rangeait l'armée noire des prêtres et des moines.

Les orgues à trois jeux, présent du roi Louis qui ne savait comment combler son archange favori, jouaient pour la première fois, jetant leurs notes fortes et profondes aux murailles qui tressaillaient à ces sons inconnus.

Les chevaliers de Saint-Michel étaient au centre de la nef, n'ayant droit d'entrer au chœur qu'après la grand'messe d'ordination. Ils portaient le riche et beau costume que nous avons déjà décrit. Le roi se tenait en tête, coiffé du chaperon à cornette; derrière lui les princes du sang, chevaliers, derrière les princes les hauts barons choisis pour concourir à la naissance de l'ordre. Les officiers drapés dans leurs longues robes de camelot de soie blanche, fourrée de menuvair, et coiffés du chaperon écarlate suivaient les chevaliers. Alentour se rangeait les archers de la garde écossaise et un triple cercle d'hommes d'armes. Le reste de la nef appartenait aux gentilshommes conviés, aux échevins d'Avranches, aux dignitaires de toute sorte. Les dames, chargées d'atours, emplissaient les galeries.

Il n'y avait là, bien entendu, que des Français et Françaises.

Le chœur restait presque vide dans la partie qui tournait à droite et à gauche de l'autel pour joindre l'abside. C'était la place marquée des chevaliers pour ouïr chanter vêpres. Leurs sièges les attendaient. Au-dessus de chaque siège pendait au mur l'écusson du chevalier qui devait l'occuper; au-dessus de l'écu, on voyait le heaume et le timbre. Les statuts le voulaient ainsi.

Jusqu'à l'offertoire, ce fut le roi d'armes Montjoye qui se tint devant Sa Majesté. Après l'offertoire, Montjoye céda sa place au héraut de l'ordre, Mont-Saint-Michel.

Tout de suite après l'élévation, les orgues se turent et l'archevêque de Sens gagna sa stalle.

Le roi dit :

— Je viens céans établir et fonder, si Dieu le veut, l'ordre de monseigneur Saint-Michel.

Les choristes récitèrent, sans psalmodier, le *Veni Sancte Spiritus.*

— Dieu veut ce qui est pour la défense de la très-sainte Église, prononça l'archevêque de Sens en latin.

Le roi reprit en français :

— Que le saint nom de Dieu soit béni maintenant et dans l'éternité !

Il se tourna vers les princes du sang qui étaient derrière lui. Le duc de Guyenne, frère du roi, fit un pas en avant. Il tenait ses lettres à la main.

« Monseigneur (1), dit-il à haute voix (les princes du sang n'employaient pas le mot *Sire*), j'ai vu vos lettres comment, de la grâce de vous et des très-honorables frères et compagnons de digne et honorable ordre de monseigneur saint Michel, j'ai été élu à icelui ordre et compagnie aimable dont je me tiens très-grandement honoré, lequel j'ai révèrement

(1) Transcrit textuellement, sauf orthographe, du ms. déjà cité.

11

et agréablement reçu et accepté, et vous en remercie tant
et le plus que faire puis, et me présente et offre prêt d'ob-
tempérer, obéir et faire, touchant icelui ordre, tout ce que je
pourrai et devrai. »

Le roi lui répondit, tenant à la main les statuts pour se ra-
fraîchir la mémoire, car c'était là des formules de rigueur.

« Nous et nos frères et compagnons de l'ordre, pour la
renommée que nous avons ouïe de vous, de vos grands biens,
que y persévérerez et les augmenterez à l'honneur de l'ordre et
recommandation et louange de vous, vous avons élu à être
perpétuellement, si Dieu plaît, frère et compagnon d'icelui
ordre et aimable compagnie, par quoi avez à faire les ser-
ments qui s'ensuivent. C'est à savoir que, à votre loyal pouvoir, vous aiderez à garder, soutenir et défendre les hautesses
et droits de la couronne et majesté royales, et l'autorité du
souverain de l'ordre et des successeurs souverains, tant que
vous vivrez et serez d'icelui. Item, tout votre pouvoir
emploierez à tenir ledit ordre en état et honneur, et met-
trez peine de l'augmenter, sans le souffrir déchoir ni amoin-
drir, tant que vous y pourrez remédier et pouvoir, Item, s'il
advenait, (que Dieu ne veuille !) que, en vous fût trouvée aucune faute, par quoi, selon les coutumes de l'ordre, en fussiez
privé, sommé et requis de rendre ledit collier, en ce cas, le ren-
verriez audit souverain ou trésorier de l'ordre, sans jamais,
après ladite sommation, porter ledit collier, et, toutes peines,
corrections et punitions que pour autres moindres cas vous
pourraient être enjointes et ordonnées porterez et accomplirez patiemment, sans avoir peur, ni, à l'occasion desdites
choses, haine, malveillance ni rancune envers les souverains,
frères, compagons et officiers dudit ordre. Item, que vous
viendrez et comparaîtrez aux chapitres, conventions et assemblées de l'ordre, ou enverrez, selon les statuts et ordonnances
dudit ordre, et au souverain et à ses commis obéirez en
toutes choses, et, de votre loyal pouvoir, accomplirez tous
les statuts, points, ordonnances, articles de l'ordre, que vous
avez vus par écrit, et ouï lire, et les promettez et jurez en

général, tout ainsi que si particulièrement et sur chacun point, en aviez fait serment spécial. »

Le roi avait beaucoup travaillé cette formule de serment. Il ne faut point dire qu'elle contient nombre de répétitions et de longueurs. C'était là l'enveloppe insipide et neutre qui permet d'avaler la pilule amère. Il faut avouer tout uniment que c'était un chef-d'œuvre de politique.

Quiconque acceptait cette chaîne dorée, se sentait aussitôt bel et bien garotté des bras, du cœur et de l'intelligence.

Le héraut Mont-Saint-Michel présenta au roi l'Évangile ouvert et la croix.

Le roi jura comme grand maître et souverain.

Le duc de Guyenne jura aux mains du roi; le duc de Bourbon fit de même.

C'était au tour de François, duc de Bretagne, qui, une fois prisonnier, avait dû subir la volonté royale. Dès le soir précédent, François avait accepté l'ordre de Saint-Michel.

Il s'était tenu, durant toute la messe, sur le même rang que les ducs de Guyenne et de Bourbon. Entre la garde écossaise et lui, des hommes d'armes, à visière demi-baissée, s'étaient glissés peu à peu et par un mouvement insensible. Le jour était si sombre qu'on voyait à peine les visages de ceux qui portaient des chaperons; sous le casque, les traits se perdaient complètement dans l'ombre.

Mont-Saint-Michel, le héraut, appela le nom du duc François de Bretagne. Personne ne répondit; le duc ne bougea pas. Dans le silence qui suivit l'appel, on put remarquer un mouvement lent et continu parmi la foule compacte qui emplissaient le bras de la nef. Un large vide s'était fait derrière le duc de Bretagne.

Il était là, le fait est certain. Louis XI, le voyant à sa place, revêtu du costume d'apparat, ne prenait point souci des mouvements qui pouvaient avoir lieu dans la nef, et ne s'inquiétait guère de la répugnance manifestée par son très cher frère et bien-aimé cousin. Parfois, dans les mariages forcés, la pauvre épousée ne dit pas oui tout de suite. François était dans la position d'une fillette traînée à l'autel par contrainte. Le roi riait dans son rabat et se disait :

— Mon bel ami, tu boiras pourtant cette rasade !

Mont-Saint-Michel appela pour la seconde fois le nom de François de Bretagne.

Même silence de la part du récipiendaire et même immobilité.

— Mon amé cousin, dit le roi doucement, n'avez-vous point entendu?

Point de réponse encore.

Le roi, qui donnait à son visage une expression de paternelle mansuétude, fit un soubresaut tout à coup violemment. Prélats, princes abbés, moines et chevaliers prêtèrent l'oreille. Un cliquetis de fer se faisait du côté de la porte principale.

— Alarme ! crièrent les archers de garde.

C'était comme le bruit d'une lutte à l'autre extrémité de la basilique.

Un chœur de voix mâles poussa ce cri :

— Bretagne-Malo ! Le riche duc est libre !

Puis les deux battants de la porte se fermèrent avec fracas.

Au dehors, quelques coups d'arquebuse retentirent.

Parmi l'agitation sourde qui régnait maintenant dans la nef, François de Bretagne, ou du moins l'homme qui portait son costume de chevalier, marcha vers le roi. Le roi était vert : ses lèvres tremblaient.

— Qui es-tu? demanda-t-il d'une voix altérée au milieu du silence soudainement rétabli.

L'homme dégagea sa main droite, perdue dans les plis de son manteau doublé d'hermine, et un gantelet de fer vint tomber aux pieds du roi.

En même temps, l'homme releva son chaperon et découvrit le beau visage de l'écuyer Jeannin, calme et doux comme une tête de martyr.

— Louis de Valois, prononça-t-il lentement, le duc, mon seigneur, te défie !

— Qu'on aille quérir maître Lhermite, mon prévôt, dit le roi qui repoussa du pied le gantelet avec dédain.

— L'homme, ajouta-t-il, voici la dernière fois que tu joues ton rôle de duc !

— J'ai fait selon la volonté de mon maître, répliqua Jeannin sans s'émouvoir, il adviendra de moi selon la volonté de Dieu !

XIX

LE CAVEAU

Il n'y eut ce jour-là de faits que trois chevaliers de Saint-Michel : le roi, son frère de Guyenne et son cousin de Bourbon. La réception des autres membres fut remise au lendemain, puis ajournée au 29 septembre, fête de l'archange. Les bruits de guerre se répandirent en Bretagne avec la rapidité de l'éclair. Le duc François prit, le soir même, la route de Nantes afin de rassembler son armée.

Le soir aussi, tous les gentilshommes bretons quittèrent la maison hospitalière du sire du Dayron. Mme Reine se mit en marche avec Aubry, Berthe et Jeannine, sous l'escorte des deux hommes d'armes de Maurever. Dame Josèphe de la Croix-Mauduit, Bette, Biberel, les deux chiens et le faucon inconséquent faisaient partie de cette caravane.

Vous n'eussiez point reconnu Berthe de Maurever, tant elle était heureuse ! Elle ne ressemblait plus à cette pauvre âme vaincue qui cherchait humblement des consolations auprès de Jeannine. Elle triomphait. Elle remerciait Aubry du fond de l'âme d'avoir attendu si longtemps à lui montrer son cœur. La douleur de l'attente avait été cruelle, mais comme ces souffrances désormais passées rendaient plus délicieuse la première heure de joie ! Aubry n'avait point fait comme tant

d'autres qui vont se penchant pour parler à l'oreille des jeunes
filles, Aubry, dédaignant le mystère banal, avait élevé la voix
devant tous pour proclamer bien haut sa tendresse.

La couronne de beauté que le hasard avait partagée, Aubry
en avait réuni les deux tronçons dans ses mains.

Et avec quelle ardeur !

Il n'avait pas pris la guirlande du Maudit à Jeannine, il
la lui avait arrachée !

Les deux jeunes filles chevauchaient l'une à côté de l'autre.

Mme Reine avait appelé Aubry auprès d'elle. Mme Reine,
en effet, avait compris autrement que Berthe l'indignation
d'Aubry : elle ne voulait plus le laisser entre Berthe et Jeannine. Elle devinait qu'Aubry avait reporté à Berthe l'hommage du Maudit tout entier, parce que l'hommage ne le blessait
qu'en s'adressant à Jeannine.

Cela voulait dire : « Ne touchez pas à Jeannine ! »

Quant à Berthe, messire Aubry ne s'opposait point à ce qu'on
lui décernât des couronnes.

Sur la route de Pontorson à Dol, il est un site sauvage, un
ravin profond et boisé où passe un ruisseau caché sous les
glaïeuls. Au creux même du ravin, une croix de pierre mutilée
se dressait. On accusait l'Ogre des Iles d'avoir commis là un
sacrilège, une nuit qu'il enlevait des petits enfants de Baguer.
Ce lieu avait dès longtemps mauvaise renommée. La route y
tournait pour gravir la montée et se diriger vers Dol; sur la
droite un bois de haute futaie s'étendait.

La nuit commençait à tomber quand l'escorte arriva en vue
de la croix brisée. Mme Reine marchait en tête avec Aubry.
Entre lui et Jeannine, il y avait la maison de la douairière et
les hommes d'armes de Kergariou.

Au moment où Mme Reine et son fils commençaient à
gravir la montée après avoir dépassé la croix, ils entendirent des
cris sur les derrières. Aubry crut reconnaître la voix de Jeannine; il s'élança. Au pied même de la croix, les deux hommes
d'armes de Maurever qui formaient l'arrière-garde de l'escorte,
étaient couchés morts. Jeannine et Berthe avaient disparu.

Dame Josèphe ne put que montrer du doigt le bois de haute futaie.

— Jeannine ! Jeannine ! cria Aubry.

Il crut ouïr une plainte faible et lointaine. Il se précipita sous le couvert.

On l'attendit. Il ne revint pas. Mme Reine, cette nuit, souffrit plus encore que cette autre nuit où ses beaux cheveux blonds avaient blanchi sur sa tête entre le lever et le coucher du soleil. Elle regagna le manoir du Roz toute seule.

Jeannin ! où était Jeannin? Jeannin avait promis à son maître mourant de veiller sur son fils.

Hélas ! Jeannin était couché sur une botte de paille humide, avec une grosse pierre pour oreiller, dans un des cachots souterrains du Mont Saint-Michel. Maître Tristan Lhermite lui avait fait promesse formelle de le pendre le lendemain matin. Jeannin dormait, car la journée pour lui avait été pleine de fatigues. Jeannin rêvait que le saint ermite du mont Dol, Enguerrand le Blanc, mariait sa fille chérie avec un chevalier !

Le cachot où l'on avait mis Jeannin était précisément ce cul-de-basse-fosse qui avait servi autrefois de prison à Aubry de Kergariou le père, au temps de ses jeunes amours avec Reine. On avait remplacé le barreau scié par la lime que la Fée des Grèves avait apportée au péril de sa vie à son fiancé. Au travers du soupirail, un rayon de lune passait, éclairant la figure calme du bon écuyer.

Vers le matin, une ombre se fit comme si un nuage eût passé sur la lune.

— Jeannin ! Jeannin ! dit une voix contenue en dehors du soupirail.

Jeannin avait le sommeil dur.

— Jeannin, mon oncle ! éveille-toi !

Le bon écuyer ouvrit enfin les yeux.

— Qu'est cela? demanda-t-il en se frottant les yeux puis il ajouta :

— Où suis-je?

— Tu es à trente pieds sous terre, mon homme, et ta fille a été enlevée ce soir par l'Ogre des Iles.

Jeannin bondit sur sa paille. Il crut d'abord être le jouet d'un cauchemar, mais il reconnut la silhouette du nain Fier-à-Bras au soupirail. Il s'éveilla. Le nain lui avait dit du premier coup à peu près tout ce qu'il savait. Il ne put lui apprendre autre chose sinon que Jeannine, Berthe et Aubry de Kergariou étaient au pouvoir de l'Homme de Fer.

Jeannin resta comme frappé de la foudre. Désormais il avait peur de mourir.

Une clé tourna dans la serrure de son cachot. Il pensa que c'était maître Tristan, le prévôt, qui venait le chercher pour le pendre. Il se trompait. Le nouvel arrivant avait le surcot brun, les chausses couleur de poussière et la toque à bateau : absolument le costume du compère Gillot, de Tours en Touraine, et il ordonna au porte-clés de refermer l'huis. Il vint s'asseoir sur la pierre qui servait naguère d'oreiller au bon Jeannin.

— Sais-tu, brave homme, lui dit-il sans autre préambule, que tu as bien manqué d'être pendu? La nuit porte conseil, et j'ai fait des réflexions qui te sont favorables. Ah ! mon ami... comment déjà te nommes-tu? Perrin, je pense?

— Jeannin, sire.

— Ah ! mon ami Jeannin, si j'avais trois ou quatre douzaines d'hommes pareils à toi autour de mon trône... Mais, parlons raison : veux-tu la vie sauve?

— Sire, il y a une heure, peu m'importait la vie... commença Jeannin.

— Tu as donc fait tes réflexions, toi aussi? interrompit le roi.

— Ma fille a besoin de mon aide, sire.

— As-tu appris cela en rêve?

Le regard de Jeannin se tourna vers le soupirail. Le roi dit entre haut et bas.

— Je croyais ces cachots parfaits, on peut les amender encore, à ce qu'il paraît.

— Que me donneras-tu pour ta rançon, ami Jeannin, mon hôte? demanda-t-il en riant.

— Je ne suis qu'un pauvre écuyer, sire.

— Veux-tu te charger pour moi d'une mission?

— Si ce n'est contre le duc, mo. seigneur...

Le roi haussa les épaules.

— De ton seigneur le duc, répliqua-t-il en broyant un fétu de paille entre ses doigts, je m'embarrasse comme de ceci, mon ami Jeannin. Il s'agit de choses plus sérieuses. J'ai engagé ma foi à ce comte Otto Béringhem qui voulait être chevalier de Saint-Michel.

Jeannin écoutait haletant.

— J'espérais, poursuivit le roi, que l'archange me serait en aide pour épargner cette tache à notre ordre. L'archange m'a inspiré l'idée de te donner la grande barque du monastère avec quinze ou vingt de mes archers écossais et de t'envoyer à la chasse du mécréant. Tu es bonne lance, tu auras peut-être raison de lui; tu es Breton, tu dois avoir certainement quelque offense à venger...

— Ma fille! sire, ma fille! interrompit Jeannin que la joie étouffait; le païen m'a ravi ma fille bien-aimée!

Louis XI tira vitement son image de saint Michel et la baisa par trois fois avec reconnaissance. Le fait est qu'il ne pouvait pas tomber mieux.

— A merveille! mon ami Jeannin! s'écria-t-il; donc tu vas le mener comme il faut! Pour ce fait qui témoigne d'une protection spéciale, je promets cent écus d'or à monseigneur l'archange!

Jeannin eut soixante archers, au lieu de quinze, et les quatre grandes barques du Mont. Un quart d'heure après, il faisait force de rames vers les Iles, plongées dans le brouillard nocturne.

XX

L'ERMITE

Dans la salle basse du manoir de Roz, les serviteurs étaient rangés autour de la table où le pichet de cidre restait immobile et plein.

Toutes les figures étaient pâles, tous les yeux inquiets.

Le nain Fier-à-Bras parlait d'une voix lente et grave.

— On ne rira plus ici, bonnes gens, disait-il; nous sommes dans la maison du deuil.

Quand il se tut, la voix de dom Sidoine arriva, des chambres hautes, mêlée aux gémissements de madame Reine. Dom Sidoine récitait une prière.

— Nain, sais-tu quelque chose? demanda un valet.

— Je sais tout, répondit Fier-à-Bras.

— Parle donc, au nom du ciel !

Le nain se recueillit et dit :

— C'était le soir de la passe d'armes. Berthe et Jeannine allaient sans défiance, comptant sur les deux hommes d'armes de Maurever qui les suivaient, la lance au poing. Les deux hommes d'armes furent tués par derrière. Un monstre à forme humaine, monté sur un cheval, dont les yeux rouges flamboyaient dans la nuit, conduisait les assassins. Berthe et Jeannine furent enlevées et conduites dans le bois. Elles entendaient le monstre qui rugissait. Le monstre était l'Ogre des Iles, celui qu'on appelait l'Homme de Fer aux joutes; celui qu'on appelait dans les salons du Dayron messire Olivier, baron d'Harmoy.

Dans le bois, les gens des Iles dressèrent une embuscade où le pauvre Aubry de Kergariou vint tomber.

A travers champs, on galopa dans la nuit sans lune. Aubry, Berthe et Jeannine furent placés dans une barque qui traversa la mer. La brume épaisse et sombre les entourait : ils virent la brume rougir en devenant lumineuse, puis blanchir comme si c'eût été un léger voile de mousseline. Le voile se fit de plus en plus transparent. Ils virent au travers, il virent ce que nul regard humain ne verra plus : Hélion, la cité enchantée, la huitième merveille du monde !

Quelle lumière éclaire Hélion en l'absence du soleil? nul ne saura jamais le dire, mais je crois bien que ce jour-là vient d'enfer.

Aubry, Berthe et Jeannine virent de blanches galeries s'allonger sur la grève, des toits dorés, des statues roses et des arbres dont les fruits sont des pierres précieuses...

Il y eut ici un murmure dans l'audience. C'était trop fort. Mathurin sans dents, organe du mécontentement général, demanda :.

— Qui t'a dit tout cela, petit homme?

— Qui m'apprend tout ce que je sais et que vous ne savez pas, pauvres gens? répondit le nain avec fierté; suis-je gentilhomme ! Êtes-vous manants?... Taisez-vous, ou vous ne saurez point la grande fin de l'histoire.

A quelques pas de là, dans la chambre qu'Aubry habitait d'ordinaire, Mme Reine, blême comme si elle eût fait une maladie de six mois, était couchée sur une chaise longue. Dom Sidoine, le vieux chapelain, était assis auprès d'elle, tenant à la main un missel.

— Mon père, disait Reine, que Dieu pardonne à une pauvre mère désespérée ! La prière ne me console pas aujourd'hui.

— C'est que vous n'avez pas encore assez prié, ma fille.

— Tous ceux que j'aimais, mon père ! reprit la châtelaine

dont les sanglots éclatèrent. Jeannin, l'ami dévoué, le cœur d'or ! Jeannine, la pauvre enfant pour qui je fus parfois bien sévère...

Elle s'interrompit pour se frapper la poitrine, puis continuant son énumération :

— Berthe, ma noble nièce, chère et douce créature qui était déjà presque ma fille... Aubry, enfin, Aubry, mon sang, mon cœur, tout mon espoir, toute ma famille ! Aubry sur qui j'avais reporté toute la tendresse de mon âme. Mon enfant, mon enfant bien-aimé !

Dom Sidoine ne parlait pas, parce qu'il y a d'immenses douleurs que les consolations avivent. Il priait maintenant tout bas.

Et Reine, disait le visage baigné de larmes :

— C'était tout le portrait de son père ! c'était le vaillant sourire de mon chevalier ! L'avez-vous vu à la passe d'armes, quand il a levé la lance? L'avez-vous vu toucher l'écu de l'Homme de Fer?... Lui, si jeune ! Oh ! Seigneur, Dieu du ciel ! mon fils ! je n'ai qu'un fils ! Prenez-moi tout ce que vous m'avez donné; que je sois seule et pauvre ! que je n'aie point d'abri pour ma tête ! Que je quête mon pain par les routes, ô Dieu tout-puissant !... Mais mon fils ! mon fils ! rendez-moi mon fils !

Le vieux prêtre essuya furtivement ses yeux qui avaient des pleurs.

Mme Reine, qui s'était soulevée à demi, retomba épuisée.

— Mon père, dit-elle d'une voix faible, montez encore à la tour et voyez si rien ne vient sur la route.

C'était la vingtième fois que le bon chapelain montait à la tour.

Et comme la sœur Anne du comte de Barbe-Bleue, il était redescendu toujours le visage triste et disant :

— Noble dame, je n'ai rien aperçu sur la route.

Il se leva, docile, et pris l'escalier du donjon.

Reine, pour l'attendre, ferma les yeux : elle était comme morte.

Dans la salle basse, le nain avait fantaisie de parler, justement parce qu'on ne l'interrrogeait plus.

— Pourquoi ne me demandez-vous pas aussi, criait-il aigrement, comment je sais que le roi Louis le onzième n'a pu ordonner que trois chevaliers de Saint-Michel? Comment je sais que notre seigneur le duc s'est échappé par vrai miracle des prisons du Mont? Comment je sais que mon pauvre bon ami Jeannin est à sa place, couché sur la dure pierre du cachot?

— Jeannin ! répétèrent dix voix avec l'accent de la curiosité la plus vive.

— Je vous fais serment sur mon blason, reprit le nain, que celui-là sera chevalier, s'il n'est pas pendu... comment sais-je cela? Et quand je veux vous raconter de véridiques histoires, vous grognez comme un troupeau de bêtes à lard ! C'est bon, c'est bien, je me tais, parlez à votre tour !

— Noble dame, dit le chapelain qui rentrait en ce moment dans la chambre où était madame Reine, la route est déserte aussi loin que peuvent se porter les regards. On dirait que les Bretons, portant le deuil de la captivité de leur seigneur, ont fermé sur eux la porte de leurs maisons. Il n'y a, le long des chemins, ni chevaux, ni piétons, ni charrettes. Seulement, dans le sentier qui mène au mont Dol, j'ai vu un homme, monté sur un âne, qui allait au petit pas et semblait se diriger vers le manoir.

Mme Reine n'attendait rien du côté du mont Dol.

Elle mit sa tête entre ses deux mains.

— Prions, mon père, dit-elle.

— Ah ! vous voulez savoir, maintenant ! reprenait le nain triomphant dans la salle basse; bonnes gens, la curiosité vous pique... Eh bien, je vous le dis, c'est un miracle de Dieu qu'il faut désormais pour sauver Berthe de Maurever, Aubry de Kergariou, votre jeune sire, et ma pauvre belle Jeannine. Ceux qui vont en la cité d'Hélion n'en reviennent point. L'Ogre des Iles ne fera des trois qu'une bouchée C'est un sorcier ! C'est le démon ! Il épousera demain Berthe la noble demoiselle;

il la mettra dans la tombe après-demain, et ce sera le tour de Jeannine ! Pendant cela il soulèvera la tempête en mer autour de ses rochers, car il a tout pouvoir sur les éléments, et nulle puissance humaine ne pourra porter secours à ses victimes...

On frappa trois coups longuement espacés à la porte de la cour.

Chacun frémit dans la salle basse, car le soleil était couché. En Bretagne, la brume apporte toujours de vagues terreurs.

Il fallut l'ordre de Mme Reine, dont la voix triste s'éleva dans la chambre d'Aubry, pour que les valets du Roz songeassent à ouvrir.

Ils se rassemblèrent quatre pour aller à la porte. Quand ils eurent tiré la barre, un vieillard, vêtu d'une longue robe blanche et monté sur un âne entra dans la cour.

C'était celui-là que le chapelain dom Sidoine avait aperçu du haut du donjon. C'était Enguerrand le Blanc, l'ermite du mont Dol.

Les valets du Roz se prosternèrent, le saint ermite leur donna sa bénédiction.

Puis, sans descendre de sa monture, il s'approcha de la fenêtre de la chambre où Mme Reine pleurait et se lamentait. Il la fit ouvrir et dit du dehors :

— Fille du saint homme Hue de Maurever, qui fut l'envoyé de Dieu près du premier François de Bretagne, je viens à toi de la part de Dieu !

Mme Reine resta un instant immobile. Puis, pressentant quelque mortel malheur, elle se traîna jusqu'à la croisée et s'agenouilla devant l'appui.

— S'il n'est plus, murmura-t-elle, que la volonté de Dieu soit faite, et que j'aille le rejoindre bientôt !

— Relève-toi, Reine de Maurever ! ordonna l'ermite du mont Dol.

Reine obéit. L'espoir, tranchant comme une lame, lui traversa le cœur. Elle chancela, et dom Sidoine fut obligé de la soutenir dans ses bras.

Au dehors, les serviteurs du Roz, rangés à une distance

respectueuse, écoutaient, chapeau bas et le chapelet à la main.

— Reine de Maurever, reprit l'ermite, sèche tes larmes, verse des parfums dans tes cheveux, mets tes plus beaux atours et monte à cheval. Chante dans ton âme le cantique d'actions de grâces !

— Mon fils ! mon fils ! s'écria Reine folle de joie, Dieu m'a-t-il gardé mon cher fils?

— Rends-toi au havre de Cancale; et attends sur le rivage.

— Et Berthe?

L'ermite baissa la tête.

— Il fallait une femme pour tuer le Maudit ! murmura-t-il.

— Et Jeannine?

— Accorde à ton fils sa première demande, et le bonheur reviendra dans ta maison.

Il éleva sa main tendue pour bénir Mme Reine et repassa le seuil de la cour.

Quelques minutes après, un cortège éclairé par des torches descendait vers le havre de Cancale où Mme Reine se rendait. La cavalcade allait silencieuse dans la nuit sombre. Les grands espoirs sont muets comme les douleurs profondes.

XXI

L'ÉCHAFAUD

La mer était calme. La brise molle venait de Cherrueix, apportant la senteur des campagnes à travers l'immensité des grèves.

Sous les falaises de Cancale, à l'endroit où s'élève maintenant le faubourg de la Houle, quelques cabanes de pêcheurs s'éparpillaient. Un petit havre naturel s'ouvrait parmi les roches que la mine a fait sauter depuis.

Du large, on aurait pu voir les torches des serviteurs du Roz qui allaient et venaient sur la rive. De la rive, par cette nuit sans lune, on n'apercevait rien sur la mer.

Mᵐᵉ Reine attendait depuis longtemps déjà. Le clocher du couvent de Saint-Yves, situé sur la montagne, au nord de la ville, venait d'envoyer onze heures.

— L'ermite du mont Dol est un saint, n'est-ce pas, mon père? demanda Mᵐᵉ Reine à dom Sidoine.

Elle avait besoin qu'on fortifiât son espérance, qui déjà chancelait.

Dom Sidoine répondit :

— La réputation de l'ermite est bonne. Je n'ai pas à donner mon opinion sur ses prédictions et ses miracles. Quiconque juge son prochain sera jugé.

Mᵐᵉ Reine n'interrogea plus son chapelain.

12

Les serviteurs, réunis en groupe sur le galet regardaient au large de tous leurs yeux. Dieu sait ce qu'ils voyaient ! Pélo le Bouvier distinguait parfaitement de grands vaisseaux noirs qui marchaient sans voiles et dont les sombres mâts piquaient le ciel à l'horizon ; la petite Jouanne apercevait sur la mer plate et sans lames des lutins échevelés qui dansaient une ronde. Tantôt ils rasaient l'eau de leurs pieds nus ; tantôt ils disparaissaient, noyés dans l'océan et ne montraient plus au-dessus du niveau que leurs têtes grimaçantes.

Au loin, chacun découvrait les îles Chaussey, qui ne se voient pas de là, même en plein jour.

— Voyez ! s'écria tout à coup Goton, interrompant son chapelet : un grand palais qui fume !

Mathurin seul, par esprit d'opposition conjugale, ne vit pas le palais qui fumait.

La mer se mit à monter. Le flot chanta sur les pierres arrondies. Un cri vint du large. Mme Reine seule l'entendit. Elle s'agenouilla.

— Mon fils ! dit-elle, j'ai reconnu la voix de mon fils !

— Haut les torches ! ordonna dom Sidoine.

On leva les torches ; on monta même sur les rochers, mais la mer restait sombre et rien n'apparaissait sur son dos.

Minuit sonna au beffroi du couvent de Saint-Yves.

Au douzième coup, un bruit de rames, distinct et régulier, arriva jusqu'à la plage.

— Mon fils ! mon fils ! cria Mme Reine.

— Ma mère ! répondit la voix d'Aubry.

Ivre qu'elle était, elle mit les pieds dans le flot pour aller à lui.

Cependant la mer, unie comme un sombre miroir, ne montrait rien.

— Jeannin est-il avec toi? demanda Mme Reine.

— Jeannin, le brave des braves, et sa fille, ma mère !

— Et Berthe de Maurever?

Cette fois, Aubry ne répondit pas.

Un grand cri s'éleva parmi les serviteurs du Roz. La barque

sortait lentement de l'ombre et glissait là-bas comme un fantôme noir.

Aubry sauta le premier sur le galet; il était dans les bras de sa mère.

Il y avait soixante hommes d'armes dans les quatre barques que le roi Louis XI avait confiées à Jeannin.

Il y avait soixante chevaliers autour de l'Homme de Fer dans la principale des îles Chaussey, celle où la tradition des grèves place Hélion, la ville morte.

Jeannin, d'un côté, Otto Béringhem de l'autre, faisaient chacun le soixante et unième.

Bataille égale, armes semblables : le choc devait être terrible !

Quand Jeannin et ses lances arrivèrent dans les eaux de l'archipel, Hélion s'illumina; puis une grande voix sonna dans le silence. Elle disait :

— Airam !

Un brouillard, qui semblait fait de métal, environna la ville. En même temps, une furieuse tempête s'éleva. Parmi les éclats de tonnerre, les sifflements du vent et le tapage des lames, les quatre barques en détresse pensaient ouïr je ne sais quelle harmonie bizarre mêlée à des cris d'orgie.

Jeannin, qui était un homme craignant Dieu, récita un *Pater* et traça une croix dans l'air avec son épée.

Le brouillard se déchira...

..... C'était une salle immense et toute pleine de cette clarté mystique qui montait on ne sait d'où pour illuminer les nuits de la ville du soleil.

Les chevaliers des Iles s'asseyaient autour de la table des festins. Le vin coulait dans le cristal et l'or. Il y avait autant de dames splendidement parées que de chevaliers. Toutes les têtes avaient une couronne; toutes les lèvres un sourire.

Otto Béringhem, fier et beau comme un roi, tira l'épée et se mit à la tête de ses chevaliers. Jeannin, le bon écuyer, donna sur eux tête baissée, et la grande bataille commença.

Chaque fois que la voix du Maudit criait son appel ma
gique : Airam ! Airam ! la voix du bon Jeannin s'élevait pour
jeter vers le ciel le nom béni de la mère du Christ.

Tout à coup, au milieu de la mêlée, on vit paraître une
jeune fille aux longs cheveux dénoués. Elle avait le sourire
aux lèvres.

C'était Jeannine qui levait au-dessus de sa tête la médaille
bénite que lui avait donnée sa mère mourante.

Alors, la terre trembla sous les pas des combattants; on
entendit, au lointain comme un sourd éclat de foudre. La
nuit tomba sur la table des festins. Les femmes couronnées
de fleurs s'évanouirent comme autant de fantômes. Des
ossements desséchés sonnèrent dans les armures des chevaliers des Iles.

Otto Béringhem et ses deux faux évêques, les ministres de
ses enchantements, étaient seuls vivants. Les hommes d'armes
du bon écuyer Jeannin n'eurent pas de peine à les charger
de chaînes.

Au fond des noirs cachots, creusés sous le palais, on trouva
Aubry et Berthe de Maurever.

Berthe ne sourit point à sa délivrance. Berthe ne devait
plus jamais sourire.

Quand le bon Jeannin raconta sa victoire à Mme Reine,
qui pleurait dans les bras de son fils Aubry, il ne prononça le
nom de Berthe que pour dire :

— Elle est maintenant au manoir.

Deux semaines s'écoulèrent. Un matin, Berthe, qui n'avait
pas prononcé une parole depuis son retour au manoir du Roz,
Berthe dit :

— Je veux aller demain en la ville de Rennes.

Mme Reine hésitait et demandait pourquoi.

— Parce que, répondit la belle jeune fille, Dieu le veut.

Elle n'était pas folle, mais ses yeux avaient d'étranges regards.

Le lendemain était le vendredi 1er octobre 1469.

Ce jour-là l'église Saint-Aubin tinta le glas dès l'aube; la ville de Rennes n'avait point dormi. Une foule immense remplissait les abords des portes Saint-Michel, les avenues de la place Sainte-Anne et le haut des Lices, où se dressait un échafaud tendu de serge noire.

Il y avait des estrades autour de l'échafaud.

Aux fenêtres, des paquets de têtes se montraient. Les ardoises des toits disparaissaient sous une fourmilière humaine.

Le roi Louis XI, pour se réconcilier avec son *amé cousin*, François de Bretagne, et pour se débarrasser des soucis de la procédure, avait envoyé du Mont Saint-Michel à Dol le félon Otto Béringhem prisonnier.

Le duc François se souvenait de sa course à travers les grèves. Ses reins étaient encore tout meurtris et le gênaient après boire.

Nantes est loin de Dol. Le duc, dans la hâte qu'il avait de se venger, ordonna que le procès du Maudit se ferait au présidial de Rennes, devant une cour spéciale et sans appel. Les preuves abondaient, trois mille témoins avaient vu le régicide sur les grèves. Cependant ce fut pour fait de sorcellerie que le comte Otto Béringhem fut condamné à faire amende honorable, pieds nus, cheveux ras, et à avoir la tête tranchée par le glaive.

La sentence devait être exécutée le 1er octobre 1469. Voilà pourquoi les rues et les places de la ville de Rennes étaient encombrées de spectateurs curieux.

On disait que le duc et sa cour assisteraient à la cérémonie.

On disait aussi que le fer devait s'émousser et rebondir sur ⸱s vertèbres du Maudit qui était invulnérable.

A huit heures du matin, le cortège partit de la prison des Portes-Mordelaises et prit le chemin de la cathédrale. Les cloches sonnaient à toutes les églises, et, du haut de toutes les tours, les trompes jetaient de sinistres huées.

En tête du cortège, une compagnie d'hommes d'armes à cheval marchait au pas, puis venait la confrérie des pénitents, puis les syndicats, puis la sénéchaussée; le clergé, sans croix ni bannières, suivait.

Toute cette pompe était pour l'amende honorable.

Sur les marches de la cathédrale, l'évêque de Rennes était entre l'évêque de Dol et l'évêque de Saint-Malo.

Quand le diacre placé à la rosace vit approcher le cortège, il cria :

— Fermez les portes !

Et les portes de la cathédrale furent closes à grand bruit.

Derrière le clergé, dernier corps de la procession expiatoire, roulait une charrette de paysan escortée par une seconde compagnie d'hommes d'armes, et entourée de moines de la Merci. Les deux faux évêques étaient assis au fond de la charrette, portant chacun un voile noir sur la figure. Debout au milieu d'eux, les mains liées, le voile noir aussi sur le visage, l'Homme de Fer se tenait droit et hautain.

La foule l'insultait, mais tout bas.

Il y avait dans ce flot mouvant du peuple breton une vague et indicible terreur.

L'Homme de Fer ne pouvait pas mourir ainsi sans vengeance. On se disait cela. Cette journée du 1er octobre devait être marquée par quelque malheur public.

On fit descendre les trois condamnés de la charrette. Les deux faux prélats s'agenouillèrent au bas des marches. Otto refusa de fléchir les genoux.

L'évêque de Rennes renouvela contre lui la formule d'excommunication, pendant que la foule, prosternée, baissait la tête et priait.

D'un mouvement brusque, le comte Otto parvint à déranger le voile qui couvrait son visage. Il se fit un large cercle autour du perron de la cathédrale, parce qu'on avait vu flamboyer son regard.

Il eut un rire dédaigneux et ne parla point.

La cérémonie se termina dans un morne silence. On avait vu comme une menace terrible dans la prunelle effrontée du

Maudit. Le glas reprit au clocher et les trompes donnèrent des huées.

Les deux faux évêques remontèrent docilement dans la charrette funèbre. Otto repoussa les gardes et marcha de son pied. Il traversa ainsi toutes les rues de la ville et la place des Lices, où le bon connétable Bertrand Duguesclin avait fait, avec l'aide de Dieu, de si vaillantes prouesses.

A la vue de l'échafaud, il eut encore ce sardonique sourire.

Sur les estrades, toute la noblesse bretonne était assise. Tous ceux qui avaient vu Olivier d'Harmoy terrasser Dunois à la passe d'armes des grèves voulaient le voir encore à l'heure de rendre l'âme.

Chacun se disait :

— Sans le maléfice, aurait-il fait mieux que le brave des braves?

De Plœuc et Goulaine était là pour le duc. Aux premiers rangs, le pâle soleil d'octobre éclairait une longue file de dames.

Sur l'estrade la plus rapprochée de l'échafaud, Otto Béringhem put reconnaître Berthe de Maurever aux pieds de laquelle Jeannine s'asseyait.

Elles étaient placées ainsi à la passe d'armes lorsqu'il avait partagé entre elles la couronne de beauté.

Le sourire du maudit se glaça un instant sur ses lèvres.

Mais ce ne fut qu'un instant. Il salua de la tête et murmura :

— A la plus belle !

Mme Reine soutint dans ses bras Berthe défaillante. Jeannin et Aubry se mirent au-devant des deux jeunes filles.

Otto salua Jeannin et Aubry.

Les deux faux évêques montèrent les premiers à l'échafaud, et moururent en demandant pardon à Dieu.

Quand ce fut au tour d'Otto, il franchit les degrés d'un pas ferme et promena sur la foule ce regard sarcastique qui avait effrayé les bonnes gens devant la cathédrale.

— Brûlez quelques feuilles de romarin, Bette, ma fille, dit

précipitamment dame Josèphe de la Croix-Mauduit qui avait
fait le voyage de Rennes pour remonter sa garde-robe et sa
livrée; je me souviendrai toute ma vie d'avoir respiré le même
air que ce démon incarné, dans le salon de l'hôtel du Dayron.
Comptez trois fois trois en vous-même, Bette, et vous aussi,
maître Biberel, pour prévenir le jet des sorts, et n'oubliez pas,
après la cérémonie, d'aller quérir des nouvelles de mon faucon
à l'oisellerie de Pierre Marie Tuault, ici près, rue aux Foulons.
Depuis l'accident que je lui ai imputé à crime, lors de notre
voyage en grève, l'animal est indisposé, ce qui m'a portée à
faire cette réflexion, que j'avais manqué d'indulgence...

— Seigneur Dieu! interrompit Bette pour la première fois de
sa vie; comme Mlle Berthe est pâle!

— On dirait qu'elle va mourir! ajouta maître Biberel.

Dame Josèphe se tourna vers sa jeune parente et fronça le
sourcil d'un air mécontent.

— Elle a pris ces mauvaises façons au miroir du Roz, murmura-t-elle; Bette, portez-lui mon sachet de benjoin, dont
l'odeur dégage le cerveau de toute nuisible vapeur, et priez-la
de ma part qu'elle se tienne plus convenablement en présence
d'une si grave assemblée.

Tout près de là, le nain Fier-à-Bras, hissé sur une barique,
pérorait.

— Il est bien certain, disait-il, que cet homme... si c'est un
homme... et nous allons voir ça tout à l'heure, quand le fer
touchera son cou... il est bien certain que cet homme est mort
une fois déjà, dans les Iles, poignardé par une sainte jeune
fille que vous connaissez bien tous...

— Retiens ta langue! fit de loin frère Bruno qui cherchait
à se faire jour jusqu'à lui. Trop bavarder est péché capital!
Suis mon exemple. M'entendis-tu jamais prononcer une parole inutile?

Et tout en jouant des coudes, il grommelait :

— Le premier jour d'octobre de l'an quarante-neuf, les
trois mécréants de la ville morte... l'échafaud était place des
Lices en la ville de Rennes où je connus jadis Mestivier, du fau-

bourg saint Hélier, qui était couveur d'œufs de cane, et dont la fille aînée...

Un grand murmure s'éleva dans la foule. Le bourreau venait d'arracher le voile noir qui couvrait encore à demi la tête d'Otto Béringhem. Sa belle figure, souriante et fière dominait les hommes de l'échafaud.

— Répens-toi, condamné ! cria en ce moment Jean de Vesins, un des assesseurs du tribunal spécial : te voilà près de la mort !

— Repens-toi, juge ! répondit Otto, tu es plus près de la mort que moi !

Les frères de la Merci se rangèrent autour de l'échafaud. Un son de trompe éclata. Le grand sénéchal de Bretagne fit de la main un signe.

Le glaive tournoya deux fois autour de la tête du bourreau. Plus d'un regard se baissa, blessé par la gerbe d'étincelles qui jaillissait de la lame affilée. Le bourreau était un Léonais de six pieds, taillé en hercule, portant un surcot rouge, à capuchon corné, sur des chausses de la même couleur.

Au troisième tour, le glaive vint frapper à toute volée la nuque de l'Homme de Fer.

Une immense clameur s'éleva de la foule.

C'était le bien nommé, cet homme de fer ! Il restait debout; son froid sourire n'avait point quitté ses lèvres. Pas une goutte de sang à sa nuque, — mais une large brèche au glaive de l'exécuteur qui avait reculé, blême d'épouvante, jusqu'au rebord de l'échafaud !

Les moines de la Merci entonnèrent un psaume.

La voix d'Otto Béringhem domina leurs voix. On l'entendit qui criait :

— Airam !

Comme si un mystérieux pouvoir eût détourné sur un autre le coup qui devait trancher sa tête, l'assesseur Jean de Vesins poussa un seul cri, se débattit, et tomba mort.

Mais la foule eut à peine le temps de prendre garde à cette catastrophe; Otto Béringhem étendit la main vers le sud;

tous les yeux suivirent son geste. Une épaisse colonne de fumée passait par-dessus les maisons dans la direction de la
place Sainte-Anne.

Des voix en détresse disaient au loin :

— Au feu ! au feu !

La cloche de Saint-Aubin se mit à sonner le tocsin.

Le grand sénéchal agita son bâton. L'exécuteur, plus pâle
qu'un mort, revint vers Otto Béringhem. Le glaive tournoya
de nouveau et rebondit une seconde fois comme s'il eût touché
un roc.

Otto étendit la main vers l'ouest et répéta le mot qui faisait
sa force terrible.

Du bas des lices, des voix plaintives crièrent : Au feu !
au feu !

Une colonne de fumée monta sur les toits des hôtels nobles
qui bordaient la rue Nantaise, et le son haletant du tocsin
tomba du clocher de Saint-Étienne.

— Frappe ! commanda le sénéchal, qui se mit debout sur son
estrade.

Comme le bourreau hésitait, tremblant, le sénéchal répéta :

— Frappe, sous peine de la vie !

Le glaive porta un troisième coup. Le côté nord de la ville
fuma. Le tocsin de la cathédrale répondit au tocsin de Saint-
Aubin et de Saint-Étienne.

Au quatrième coup, de grands nuages de fumée couvrirent
la partie orientale de la ville ; les églises de Saint-Germain, de
Saint-Sauveur et de Toussaint mirent en branle leurs bour-
dons.

Le tocsin sonnait partout. La fumée rougissait aux quatre
coins du ciel, rabattant sur la foule l'odeur brûlante et sinistre de l'incendie.

Otto était toujours debout au centre de la cohue affolée. Sa
tête se dressait toujours haute et railleuse. Les moines de la
Merci cessèrent de chanter. Le bourreau jeta son glaive..

En ce moment parut au centre de la place, et sans que
personne eût pu dire comment il avait percé les rangs serrés

de la cohue, un vieillard à la face vénérable, dont le front se couronnait de longs cheveux blancs. Il était monté sur un âne, comme Notre-Seigneur, et portait à la main un crucifix.

A sa vue, la figure d'Otto Béringhem se décomposa. Le maudit essaya de briser ses liens et grinça des dents en blasphémant.

Tous ceux qui étaient venus là des bords de la mer, reconnurent bien le saint ermite du mont Dol, Enguerrand le Blanc.

Il éleva la croix au-dessus de sa tête. L'Homme de Fer courba le front.

Un silence solennel régnait sur la place.

L'ermite dit :

— Prosternez-vous la face contre terre et priez !

Il n'y eut pas un genou qui ne touchât le sol.

L'ermite mit pied à terre et s'en alla prendre Berthe de Maurever par la main. Il lui traça sur le front le signe du Chrétien, puis il dit :

— Dieu le veut... allez, ma fille.

Berthe, l'œil fixe, le pas automatique, semblable à ces somnambules que la volonté du magnétiseur fait agir malgré elles, descendit les degrés de son estrade et monta ceux de l'échafaud. L'ermite lui montra du doigt le glaive; elle le souleva avec peine. L'ermite lui montra l'Homme de Fer.

Comme Berthe, trop faible, ne pouvait porter le glaive jusqu'à la nuque du comte Otto, l'ermite dit à celui-ci :

— A genoux, au nom du Dieu vivant !

L'Homme de Fer se raidit; mais, comme si un poids écrasant eût chargé tout à coup ses épaules, on vit fléchir ses robustes jarrets.

La jeune fille, par un effort suprême, approcha le glaive de sa nuque. L'acier toucha la chair. Il n'y avait pas, dit la légende, de quoi blesser un agneau nouveau-né... La tête d'Otto Béringhem roula sur les planches de l'échafaud.

Berthe éleva ses deux bras vers le ciel et se coucha, morte auprès du mécréant décapité.

Le front du Maudit était tout noir; celui de la jeune fille, blanc comme les lis, avait une auréole.

A ce tableau, l'incendie faisait un cadre flamboyant.

L'incendie de la ville de Rennes dura deux jours et deux nuits. Il ne s'arrêta qu'à l'autel de la Vierge, en l'église de Saint-Sauveur.

Ceci n'empêche point les gens de Normandie de montrer, au nord-est du groupe de Chaussey, un roc haut et noir, qui ressemble de loin à la statue d'un chevalier. Les Montois et ceux de la côte, depuis Avranches jusqu'à la pointe de Carolles, jurent que l'Ogre des Iles mourut là, de la pointe d'un poignard, non du tranchant d'un glaive; mais toujours de la main d'une jeune fille.

Cette noire pointe de roc, qui signale des récifs sous-marins, porte encore le nom de l'Homme de Fer.

Le duc François de Bretagne tint parole : Jeannin fut chevalier. Il chaussa ses éperons d'or le jour où Mme Reine ouvrit ses deux bras à Jeannine en l'appelant sa fille.

FIN

TABLE DES MATIÈRES

7. — Imprimerie Félix LAINÉ, Chartres. 6.2.1926.

www.ingramcontent.com/pod-product-compliance
Lightning Source LLC
Chambersburg PA
CBHW072353190626
46811CB00019B/794